Helmut Schriffl
Der Kuss der Revolution

Gewidmet all denen, die es
noch nicht aufgegeben
haben, daran zu glauben,
dass eine solidarische
Welt möglich ist,
vor allem Helga.

Helmut Schriffl

Der Kuss der Revolution

Kleine Chronik eines großen Umsturzes

Münchendorf
2014

BOD

Die Welt ist in zwei Klassen geteilt,
in diejenigen, welche das Unglaubliche glauben,
und diejenigen, welche das Unwahrscheinliche
tun.
OSCAR WILDE

Wir erwarten einen neuen Himmel
und eine neue Erde,
in denen die Gerechtigkeit wohnt.
2. PETRUSBRIEF

Das Fest der Faulenzer ist nun vorbei.
AMOS 6

Friede den Hütten, Krieg den Palästen.
GEORG BÜCHNER, 1834

Deine Schritte erschaffen den Weg.
NACH ANTONIO MACHADO

Herstellung und Verlag:
BoD – Books on Demand, Norderstedt, BRD
ISBN 978-3-7322-8419-1
satz und layout: peter ernst, 2440 gramatneusiedl

Vorwort

Wir haben immer geglaubt, dass wir in einer
guten und gerechten Gesellschaft leben,
und dass wir das Recht dazu haben,
darüber froh zu sein.
Und dass wir stolz darauf sein können, weil
wir so tüchtig sind und uns das alles mit
eigenen Händen erarbeitet haben.
Aber dann kamen wir drauf, dass viele
unserer Gesetze eine Menge Unrecht
decken und viele Privilegien schaffen,
die die Kluft zwischen denen, die alles haben
und denen, die nichts haben, nur immer
weiter auseinander treiben.
Aber das war ja nicht der Plan.
Der Plan war, eine gerechte Gesellschaft,
in der jeder – jeder! – seinen ihm
gebührenden Platz einnehmen kann,
um in Frieden und Freiheit zu leben –
in einer solidarischen Gesellschaft,
die dafür sorgt, dass keiner zu kurz kommt,
und dass jedem Achtung und Würde
zuteil wird. Die Umstände sind bedrängend.
Jeden Tag kommen mehr Menschen unter
die Räder eines ausbeuterischen Systems,
das den Menschen missachtet und allein
den Profit als Ziel der Gesellschaft und der
Geschichte sieht. Und die Bereitschaft,
die unter die Räder Gekommenen
hervorzuziehen, um ihnen das Leben
zurückzugeben, sinkt radikal.

Es ist an der Zeit, dieses menschenverachtende System zu stürzen, bevor es uns noch alle umbringt.

Es ist hoch an der Zeit Platz zu schaffen für eine neue Gesellschaft, in der der Mensch wieder Mensch sein kann und nicht mehr nur Objekt, das man wie eine Zitrone auspresst, um es dann wegzuwerfen.

Die vorliegende Geschichte will zur Veränderung anstiften und Mut machen zu widerstehen!

HELMUT SCHRIFFL, HERBST 2013

Nur gedämpft dringt der Straßenlärm herüber in den kleinen Raum.
Das Wäldchen an der Rückseite des Grundstückes schirmt das Haus gut gegen die Straße hin ab. Die schon kräftigen Strahlen der Jännersonne machen Hoffnung auf Frühling. Gerd Sommer hat vor sich das Lehrbuch seines Professors liegen, mit dem er sich auf die nächste Prüfung vorbereiten soll. Seine Gedanken bewegen sich zwar um die Themen des Lehrbuches, aber nicht im Hinblick auf die Prüfung, sondern eher im Hinblick auf die praktische Verwirklichbarkeit der Thesen, die Prof. Werner aufgestellt und in seinen Vorlesungen auch mit den Studenten diskutiert hatte. Werners Thesen über die Notwendigkeit, dass der Einzelne innerhalb der Masse Raum finden muss, um widerstehen zu können, seinen eigenen Stand zu finden und ohne Gewalt Veränderungen herbeizuführen, waren ja nicht neu. Bloß die Radikalität, mit der sie von Werner vorgetragen und ausgefochten wurden, machten seine Vorlesung zu einem Treffpunkt aller, die an der momentanen Gesellschaft litten. Alle fragten sich, was Werners Thesen bewirken würden, wenn sie einmal in der Praxis eingesetzt werden sollten. Gerd hatte oft zu jenen gehört,

die dem Professor vorhielten, dass er ein Theoretiker sei, zwar ein sehr guter, aber eben ein Theoretiker, der seine Thesen nie in der Praxis erprobt habe und es wahrscheinlich auch nie tun werde. Was Gerd an Prof. Werner in all den Diskussionen immer bewundert hatte, war, dass dieser trotz der Angriffe seiner Studenten gelassen blieb, ja nach immer neuen Argumenten suchte, um seine Thesen zu untermauern. Er schien versessen darauf zu sein, dass sie seine Programme nicht nur für die Prüfungen lernten, sondern dass sie in ihre Seelen eingebrannt würden. Gerd mochte Werner, er war voller Feuer, seine Augen begannen zu leuchten, wenn die Diskussionen hitzig wurden. Sollte er von der Theorie zur Praxis übergehen, Gerd würde sich ihm anschließen. Für so einen Schritt gab es jedoch im Augenblick keine Anzeichen.

**

Nach Ende des Sommersemesters verbrachte Gerd einen Monat in Südfrankreich.

Er genoss die Freiheit und Unbekümmertheit. Er konnte total abschalten. Seine Französischkenntnisse

kamen ihm jetzt zugute und er fühlte sich
in den kleinen Dörfern mit den einfachen
Menschen wohl. Da und dort hörte er in
einem der kleinen Cafés bei einem Pastice
den Erzählungen der alten Männer mit
den tausend Falten im Gesicht zu. Die
Burgen der Katharer und Albigenser,
steingewordene und wieder verfallene
Träume, faszinierten ihn auf eigenartige
Weise. Es war ein Gehen hinter Welt und
Zeit, nein, die Zeit war hier verlangsamt
und nichts erinnerte an die Verrücktheit
und das Dröhnen der Stadt, in der er sonst
lebte. Lebte er? Auf einem der verlassenen
Plätze im Zentrum eines Dorfes an einem
Brunnen traf Gerd Ira. Es war einer jener
Momente an denen das Universum
stillsteht und dann nur mühsam, atemlos
wieder ingang kommt, so, als ob alles
was ist, bisher nicht gewesen wäre. Ira
hatte von Werner gehört und wollte zum
Wintersemester an seine Uni kommen.
Eine Woche blieb ihnen Zeit zum Träumen.

**

wolkenschiffe unterwegs zu einem anderen
traumhorizont bäume wiegen sich im
wind abgehobene zeit verloren zwischen
gegenwart und zukunft ein boot ein gesicht
zwischen lavendelfeldern ein duft von
jenseits paradies eines sommers immer

ist etwas wie eine glaswand zwischen
mir und dem leben ich bin noch nicht
aufgewacht mein leben ein traum ich träume
mein leben sehnsucht nach was wird
sein und hilflosigkeit gut dass noch keine
entscheidung nötig ist weiter träumen offene
wege sehen weggefährten da schieben
sich dunkle wolken dazwischen verhüllen
gesicht und traum leicht schiebe ich sie weg
und bleibe im licht ohne angst angst jetzt
trage ich viele menschen auf meinem rücken
möglich ist das nicht ein gesicht ich schaue
gestern noch klein jetzt frei gegenstand der
sehnsucht oft ein schmerz staunen horchen
ein klang wie ein ganzes leben ich weiss
nichts davon denn ich bin hier ist es gut
hier bleibe ich hier kann ich wegschieben
was traurig macht ira ein geschenk meine
eltern daheim raumschiff der geborgenheit
die wiese in südfrankreich sanft der wind in
den gräsern der duft der blumen gleichzeitig
über den grund schwebend mit ira wie ein
paar auf einem gemälde von chagall alles
ist leicht der sommer ist groß nie wird er
enden dazwischen eingespannt menschen
abgemagert klagend ausgestreckte hände
wer weiß noch ist die glaswand tröstlich
trennung vom leben das hier ist das leben
die wiese in südfrankreich wo gibt es noch
leben ausser hier hier bin ich im zentrum
aber ich muss an den rand durch die

glaswand sonst kann ich nichts spüren nichts
fühlen nichts be-greifen ich muss aufbrechen
in die zukunft gehen lernen leben leben hier
ist es gut ich bleibe die uni der professor
mit den gewagten sprüchen die wiese in
südfrankreich das leben mit dir das leben
hier ist gut ich gehe jetzt ich muss zurück
nein nach vorne ich werde leben ich werde
dich lieben ungewiss ist der weg auch mit dir

**

Die Ströme von Menschen, die wegen
ihrer verschiedenen Lebensweisen
immer weiter auseinanderzulaufen
schienen, sollten wieder vereint werden,
um eine neue Solidarität zu erreichen,
um die Kraft der Menschheit zu bündeln
zur weiteren Entwicklung, zum weiteren
Aufstieg. Die jetzige Situation mit ihren
Kriegen und Grabenkämpfen, wo jeder
gegen jeden stand und nur den eigenen
Vorteil suchte, war Werner zutiefst
zuwider. Kämpfe würden notwendig sein,
um das egoistische, privilegierte Streben
zu überwinden,
aber keine Kämpfe mit Waffen. Kein
Mensch durfte wegen seiner Ideen
sterben.
Es müsste laut Werner
Überzeugungsarbeit geleistet werden.
Das würde lange dauern und viel Energie

erfordern. Werner sah einen Fortschritt der Menschheit nur als sinnvoll, wenn eine möglichst hohe Zahl von Menschen ihren Beitrag zum Gemeinwohl in Verantwortung leisten könnten.
Ebenso dürfte niemand vom Ergebnis dieses Fortschrittes ausgeschlossen werden. Weder aufgrund seines Alters, noch seines Standes, seiner Herkunft, seiner Rasse oder Hautfarbe oder seines Einkommens. Für Gruppen und Staaten hatte er neue Formen von Leitungsverantwortung entworfen, in denen die direkte Beteiligung der Menschen am öffentlichen Geschehen im Vordergrund stand. Es sollte keine Obrigkeit mehr geben, die von oben herab für die Bedürfnisse der Bevölkerung sorgt, ohne diese, vor allem nicht aus eigener Anschauung, zu kennen. Das alles schien aber in der jetzigen Welt ohne Bedeutung und ohne Chance auf Verwirklichung zu sein, denn die auf den Börsen verschobenen Geldsummen wurden immer gigantischer, die Gewinne der Besitzenden noch immer größer, die Kriegsdrohungen bis hin zur globalen Vernichtung immer wütender und, was von all dem das Bedrückendste war, die Zahl derer, die nicht das Notwendigste zum Leben hatten, wurde immer größer.

Selbst in den reichen Ländern waren Slums und Tote auf den Straßen jeden Morgen keine Seltenheit mehr. Ebenso gab es inzwischen sehr viele Ghettos, in denen Superreiche sich unter Bewachung zu Wohneinheiten zusammenschlossen, um sich gegen die zunehmende Gewalt und die Überfälle zu verteidigen. Die Thesen Werners waren schon seit einiger Zeit in Fachzeitschriften und filosofischen Blättern diskutiert worden. Immer wurde in den Gegenargumenten davon geredet, dass das System so wie es sei gut sei und die Situation noch schlechter würde, wenn man es änderte. Niemand unternahm wirklich ernsthaft den Versuch, eine Änderung herbeizuführen. Die Diskussion blieb akademisch. Die, denen es gut geht, wollen das System nicht ändern und die, denen es schlecht geht, können es nicht ändern.

**

Ira war vor Beginn des Wintersemesters eingetroffen. Gerd hatte für sie ein Zimmer im Studentenwohnheim gefunden. Er war sehr glücklich, seine Emotionen waren für Ira geöffnet.
Sie würden wahrscheinlich viel Zeit miteinander verbringen – und wenig studieren. Doch aus der Idylle wurde

nichts, da Prof. Werner in seiner Antrittsvorlesung die These aufstellte: Wenn jemand ohne Einkommen Hunger habe und es bestehe keine Aussicht darauf, von irgendwo oder irgendjemand etwas für sich oder seine Familie zu essen zu bekommen, dann dürfe er sich Nahrungsmittel nehmen, ohne sie zu bezahlen. Diejenigen, die alle Mittel in Händen haben, dürften die lebensnotwendigen Güter denen nicht vorenthalten, die sie brauchen.
Nun brach ein Sturm der Entrüstung los. Die Systemerhalter überschlugen sich in Vorwürfen. Damit würde der Anarchie Tür und Tor geöffnet. Die Zivilisation sei in Gefahr. Die wohlerworbenen Rechte der arbeitenden und leistungsbewussten Menschen würden in den Schmutz getreten. In keinem dieser wütenden Zeitungsartikel und auch in allen sonstigen Meldungen war auch nur ein einziges Wort des Verständnisses für Hungernde zu finden. Es wurde gefordert, Polizei und Militär in Alarmbereitschaft zu versetzen. Die Abberufung des Professors wurde verlangt. Dies geschah auch in einer heftig geführten Sitzung der Regierung. Die Folge davon war, dass Gerd und einige andere Studenten des Professors die Universität besetzten. In

rascher Folge schlossen sich Kollegen anderer Fakultäten an, so dass schließlich etwa dreieinhalbtausend Menschen in der Universität versammelt waren um ihren Unmut über die Absetzung von Professor Werner auszudrücken. Diese Tatsache war aber nur ein Punkt von vielen, die die Studenten zornig machten. Die Situation an sich war für alle Menschen, die sich noch einen Hauch von Verantwortung bewahrt hatten, unerträglich geworden. Die Armen hatten nicht die Courage und die Möglichkeit, gegen das Unrecht aufzustehen. Die Studenten solidarisierten sich mit den Leidenden und ergriffen die Initiative.
Der Leidensdruck, der auf denen lastete, die täglich ums Überleben kämpften, war zu lange aufgestaut gewesen, nun hatte er einen Weg nach außen gefunden und sich entladen. Das Pulverfass war entzündet. Im Augenblick wusste noch niemand wohin sich die Situation bewegen, und ob es eine Explosion geben würde, die manches, vielleicht alles, das ganze gegenwärtige System, oder was weiß ich noch, zerstören würde.

**

entscheidungen entscheidungen taten
taten menschen in not unmenschliche
entscheidungen bedrückte menschen

unmenschliche bedrückung wo gibt es noch
solidarität ich kann solidarität geben ich kann
aufstehen und mitgehen ich kann anleiten zum
ungehorsam gegen wen gegen mich selber
meine bequemlichkeit meine hoffnungen
sind aufgeweckt ich denke ich lerne jede
sekunde ich bin ich lebe jetzt noch andere
sind da ich bin vernetzt mit solidarität ich
bin teil eines organismus ich bin jemand auf
mich baut jemand ich bin wichtig jetzt werden
zeiten verschoben jetzt gibt es neuzeit ich bin
gespannt noch wackelt alles unsicherheit zittern
vor dem versagen scheitern ist leben leben ist
scheitern wegen mir nein wegen der not der
anderen ich bin bereit ich kann etwas beitragen
wir sind stark wir sind unverbraucht unsere
nerven sind wie stahl durchdrungen von der
notwendigkeit zu agieren aktionen zu setzen
einsatz für gerechtigkeit aufruhr andererseits
die bürgerliche ruhe gestört sünde verboten
die bürgerliche ruhe ist tot tot sind die andern
es lebe das leben alle haben anteil geben
anteil bekommen anteil niemand ist allein
niemand ist ausgeschlossen das klingt wie ein
hohn in der gegenwärtigen situation vorgabe
leben rückgabe tod entscheidung für das
leben ist entscheidung für den kampf kampf
gegen sich selber ich hatte ein bequemes
nachdenkliches leben das ist jetzt vorbei ich
lebe zwischen gestern und morgen auf den
straßen menschen mit hunger menschen

mit einkaufskörben voller guter sachen
nachdenklichkeit korrektur der verhältnisse
hindernislauf der solidarität einsamkeit der
rebellen abgeschlossenheit der gesellschaft
aufbruch in den morgen das bild an der wand
mit den marschierenden von jorge mendez
blitzlicht der möglichkeiten ich habe hunger
ich kaufe mir etwas zu essen ich habe hunger
ich suche nach gerechtigkeit menschen
allein menschen ohne angst menschen ohne
lebensmöglichkeit leben ohne wie geht das
ich brauche zeit ich muss hier weg aber ich bin
angebunden

**

Im Unigebäude begannen die Besetzer, sich zu organisieren. Aufgaben wurden gestellt und Gruppen gebildet, die sie erfüllen sollten. Als Zentrale war das Büro mit dem Besprechungszimmer von Professor Werner gewählt. Es schien nur natürlich, dass der Verursacher des Aufruhrs jetzt auch der Kopf der Sache werden sollte. Aber er war an diesem Tag nicht an der Uni anwesend und keiner wusste, wo er zu finden sei. Jene, die seine Handy-Nummer hatten, blieben mit ihren Anrufen erfolglos. Ratlosigkeit machte sich breit. Schließlich stand in der Versammlung im Büro Werners eine

Studentin auf und sagte: „Ich denke mir, dass wir nicht länger zuwarten können. Ob Professor Werner kommen wird, wissen wir nicht. Dass die Situation hier an der Uni aufs Äußerste gespannt ist, wissen wir. Wir müssen zu Entschlüssen kommen, wie wir vorgehen wollen. Das wird nicht einfach sein, aber wir haben jetzt die Chance, etwas zu verändern. Wenn nicht jetzt,
wann dann?" Einige Augenblicke war es still im Raum. Die Geschichte hielt den Atem an. Dann aber kamen die Wortmeldungen in rascher Folge: In den einzelnen Abteilungen der Universität sollten Leitungsgruppen durch die zu den jeweiligen Abteilungen gehörenden Studenten gewählt werden. Von diesen sollten Vertreter in das Büro von Professor Werner entsandt werden, um die gemeinsame Leitungsgruppe der Uni zu bilden. Nur geordnete Strukturen würden es möglich machen, nach außen hin zu verhandeln und Linien vorzugeben. Die mochten zur Diskussion stehen und kritisiert werden, auch veränderbar mussten sie sein, aber es musste den ersten Gedanken geben, den Zündfunken für weitere Feuer der Veränderung. Nachdem diese Entscheidung gefallen war, wurde alles einfacher. Nach und

nach wurden vom Büro Werners aus
Vertreter zu den einzelnen Abteilungen
der Uni entsandt, um diese aufzufordern,
Leitungsgruppen zu bilden und Delegierte
in die zentrale Leitungsgruppe zu
entsenden. Gerd, einer der Boten, ging
zu den Medizinern, um dort zu sprechen.
Werner war immer noch nicht aufgetaucht
und Gerd dachte bei sich: Eine Stunde
gebe ich ihm noch, bevor ich ihn
verachte. Nach seiner Rückkehr von den
Medizinern setzte er sich in den zentralen
Beratungskreis, der jetzt permanent
tagte. Inzwischen wurde bereits an einer
Note an die Regierung gearbeitet, in der
ein Gespräch gefordert wurde. Plötzlich
entstand Unruhe an der Tür, Beifall.
Werner trat ein. Gerd atmete auf. Es wäre
ihm schwer gefallen, den Mann, den er
sosehr bewunderte, zu verachten. Aber er
wollte sehen, ob seine Ideen in der Praxis
etwas taugten und wie er selber in der
Bewährung dazu stand. Jetzt wurde auch
klar, dass Werner sein Gedankengebäude
auch wirklich durchdacht hatte, denn
er weigerte sich, als er von einigen aus
der Leitungsgruppe dazu aufgefordert
wurde, als Anführer aufzutreten. Er
wollte einfaches Mitglied dieser Gruppe
ohne Vetorecht sein, wie er ausdrücklich
betonte und unterstellte sich, wie in der

Folge zu bemerken war, ausnahmslos den gemeinsamen Beschlüssen.

**

Draußen vor der Universität wurde bald deutlich, dass sich die Repräsentanten des alten Systems nicht so leicht geschlagen geben würden, denn um das ganze Gebäude waren Panzerwagen aufgefahren und es wurden von Soldaten Barrikaden errichtet. Der Ministerpräsident fuhr im großen Dienstwagen vor, um sich mit dem kommandierenden General zu besprechen. Er forderte Zurückhaltung. Es dürfe keine Märtyrer geben. Das würde dem System schaden, den Aufständischen, so nannte er die Besetzer in der Uni, und ihrer Sache aber nützen. Eine ganze Reihe von Reportern schwärmte um das Gebäude herum und versuchte, in dieses einzudringen, um über die Lage im Inneren dieses revolutionären Vorganges zu berichten. Aber es gab kein Durchkommen. Das Gebäude war hermetisch von der Polizei abgeriegelt worden. In Abständen von mehreren Minuten wurden die Besetzer mit Megafonen aufgefordert, die Uni zu verlassen, ansonsten würden sie sich des Hausfriedensbruches schuldig machen und hätten mit Strafen zu rechnen. Eine der Reporterinnen hatte die Handy-Nummer von Professor Werner herausgefunden und versuchte, ihn zu erreichen. Vergeblich. Keine Reaktion. Kein Wunder, die Besetzer waren dabei, sich eine Identität zu schaffen und dies war schwierig genug. Immer wieder wurden die Diskussionen in Werners Büro unterbrochen und gingen die Vertreter der einzelnen Fakultäten zurück in ihre Gruppen, um Ergebnisse der Hauptgruppe zu diskutieren und neue Erkenntnisse von dort zurückzubringen. Es war ein dynamischer Prozess. Das ganze Gebäude summte und brummte wie ein Bienenstock. Der Gedanke daran, dass es sich um einen historischen Moment handle, bestärkte die Beteiligten in ihrem Unterfangen, das von außen zum Scheitern verurteilt schien. Wohl auch deshalb hielten sich Militär und Polizei draußen zurück. Niemand war nervös, auch die Regierung des Systems nicht, die eine Krisensitzung abhielt. Danach sprach der Ministerpräsident im Fernsehen ruhig und ohne Nervosität. Er beruhigte die Zuhörer und versprach eine baldige Lösung der schwierigen Situation. Niemand dachte daran, dass dies der Anfang einer neuen Zeit sein könnte. Erst in der folgenden Nacht, als aus den Slums der Außenbezirke zahlreiche Menschen bei der Universität eintrafen, wurde auch dem letzten Zweifler klar, dass sich etwas Wichtiges anbahnte. Der Zustrom hielt bis zum Abend des nächsten Tages an, sodass schließlich etwa 150.000 Menschen um den Ort des Geschehens vereint waren. Erst dann traten bei den Ordnungsmächten erste Zeichen von Nervosität auf: Die Zahl der Fahrzeuge und Truppen wurde vervielfacht. Erste Verhaftungen wurden vorgenommen. Und es gab auch einen Toten. Ein Mann war, nachdem er auf eines der gepanzerten Fahrzeuge geklettert war, von diesem, als es sich in Bewegung setzte, um eine neue Position einzunehmen, heruntergestürzt und überrollt worden. In der Menge kochte es. Die nächste Krisensitzung der Regierung stand unter hoher Spannung.

**

Inzwischen war an die Regierung die Forderung nach einem Gespräch gerichtet worden. Es erfolgte keine Antwort. Lediglich die Aufrufe über die Megafone aufzugeben, wurden fortgesetzt. Es war klar, dass die Besetzer nicht ernst genommen wurden und dass man sie einfach aushungern wollte. Die Taktik des Nichtreagierens war einfach zu durchschauen. Die Situation eskalierte allerdings, als an den Rändern der großen Masse, die um die Uni zusammengeströmt war, die ersten Geschäfte geplündert wurden. Die Ordnungskräfte mussten Verhaftungen vornehmen. Diese weiteten sich zu Straßenschlachten aus. Die Leitungsgruppen in der Uni waren entsetzt. Gewalt war nicht in ihrer Absicht gelegen.

Es wurde beschlossen, einige von ihnen sollten hinausgehen und an verschiedenen Plätzen zu den Demonstranten sprechen. Gerd und Ira wählten den Platz vor der Kathedrale, der sich in der Nähe der Universität befindet. Sie hatten Glück: Niemand entdeckte sie, als sie aus einem Nebeneingang der Uni traten. Es tat gut, in der frischen Luft zu sein. Sie drängten sich durch die Menge und versuchten, so rasch wie möglich den Platz vor der Kathedrale zu erreichen. „Ist das nicht großartig?" fragte Ira. „So viele Menschen, die mit uns gehen! Wir werden das System ändern. Ich hätte nicht daran gedacht, dass ich an einem Brennpunkt der Geschichte landen würde, als ich mich entschlossen habe, hier zu studieren". Gerd sagte nichts.

Er hatte seine Gedanken bereits auf die Worte gerichtet, die er den Menschen auf dem Platz geben wollte. Rechts neben dem Haupteingang der Kathedrale gab es einen kleinen Mauervorsprung auf den er stieg. Dann rief er: „Hört mir bitte zu. Ich bitte um eure Aufmerksamkeit, Freunde!" Da es rundherum ziemlich laut war, wiederholte er seinen Zuruf zwei- oder dreimal. Dann wurden die Nebenstehenden aufmerksam und wandten sich ihm zu. „Ich bitte um Ruhe! Ich habe eine Botschaft für euch! Hört mir bitte zu!" Die Nebenstehenden sagten seine Zurufe weiter und langsam breitete sich eine relative Ruhe aus. Alle konnte er mit seiner Stimme sowieso nicht erreichen, er musste darauf bauen, dass seine Worte weitergesagt wurden. Da fiel ihm ein, dass sie etwas Gedrucktes herausgeben müssten, Zettel, Flugblätter, Zeitungen, die ihre Ideen verbreiten würden.

Aber das war ein Gedanke für nachher, wenn er wieder in die Uni zurückgekehrt sein würde. „Freunde! Hört mir zu! Ich komme von der Leitungsgruppe in der Universität.
Ich grüße euch von allen, die neue Verhältnisse schaffen wollen. Wir möchten erreichen, dass alle Menschen Anteil

bekommen am Fortschritt und den Gütern. Die medizinische Versorgung soll für alle zugänglich sein." „Leere Versprechungen", schrie einer von ganz hinten. „Wir holen uns, was wir brauchen, selber", ein anderer. „Wir brauchen euch nicht", ein Dritter. Der Lärmpegel stieg an. Gerd versuchte verzweifelt, mit seiner Stimme darüber zu bleiben. Er spürte, dass er es nicht mehr lange schaffen würde. „Wir ersuchen euch, keine Gewalt anzuwenden! Wenn ihr das tut, hat das System euch in der Hand und wir werden scheitern. Wir bitten euch um Geduld." Er konnte nur darauf hoffen, dass die Vernünftigen unter den Leuten der Gewalt und den Plünderungen Einhalt gebieten würden, sonst war mit schrecklichen Folgen zu rechnen und es gab keine Chance für Veränderungen. Die Macht des Systems war im Augenblick sicher nicht zu brechen, wenn sie sich eine Blöße gaben. Gerd war verzweifelt. Ira versuchte, ihn zu trösten: „Wir stehen erst am Anfang. Wir müssen lernen. Und wir werden lernen".

**

jetzt beginnen jetzt wagen jetzt verzweifeln
jetzt gehen jetzt jetzt jetzt die zeit steht
still die erde dreht sich nicht die sonne

ist fixiert am himmel für einen augenblick
steht alles still erwartung warten warten
auf meine entscheidung mein wille unser
wille jetzt gehen wir keiner allein jeder ist
wichtig bedeutungsvoll bin ich geworden ich
sehe die situation unerträglich gehen stehen
warten gehen hoffen reden tun die angst
verstecken staunen über das geschehen
wie neben mir stehe ich da gefährten auf
dem weg ira der sommer in südfrankreich
es gibt ihn noch mein früheres leben weicht
zurück vor der gegenwart ich stehe im Raum
allein niemand nimmt mir die entscheidung
ab ich kann nicht anders ich muss gehen ich
muss reden ich muss handeln ich bin teil
eines großen ganzen ich lebe lebe durch
meine freunde sie geben mir leben ich gebe
ihnen leben wir sind eins wir sind jeder
wichtig um uns verderben waffen soldaten
im rampenlicht student rebell wagnis freiheit
segen fluch mut feigheit weiter und weiter
im denken und handeln ohne dich kein leben
du bist leben für mich für uns für alle vor und
nach dem tod leben das alte stirbt gerade
wir aber leben über uns die fahne einer idee
wir bezwingen die geschichte durch unser
handeln noch sind wir unbeschriebene blätter
bisher haben nur die grashalme der wiese
in südfrankreich auf meinem lebensblatt
geschrieben jetzt sehe ich durch und durch
sensibilität für das leben es gibt kein leben

ohne solidarität das leben ist gestorben in
meinem land ich wecke es auf mit dem kuss
der revolution alles neu alles veraltet alles
für uns alles gegen uns nein wir wagen das
unaussprechliche und beginnen zu leben
in meinen träumen warst du schon da in
meinem leben hattest du einen wurzelgrund
gesucht und gefunden der boden ist bereitet
wachsen kann etwas neues neues kommt
auf uns zu nun wird das leben mit tiefe erfüllt
und mit breite und mit länge aber noch steht
die zeit still

**

In die Uni zurückgekehrt mussten sie
erfahren, dass es den anderen Rednern
ähnlich wie ihnen ergangen war.
Der Ratlosigkeitspegel stieg wieder
an. Einerseits kamen Meldungen
herein, dass sich weitere Gruppen und
Einzelne ihrer Sache angeschlossen
hatten. Die Straßenbahner und
Buschauffeure hatten ihre Fahrzeuge
stehengelassen, wo sie sich gerade
befanden, was auch wieder nicht gut
für die Sache war, denn Randalierer
unter der zusammengeströmten Masse
begannen, die Straßenbahnen und
Busse zu zertrümmern. Außerdem
kamen Nachrichten herein, nach denen
sich Agenten des Systems in Zivil unter

die Menge gemischt hätten, um sie zu demoralisieren. Die Agenten verbreiteten Lügen und Falschmeldungen: Die Leitungsgruppen würden nur für ihren eigenen Vorteil arbeiten, es würde sich nichts ändern, die Armen würden weiter arm bleiben. Es gäbe gar nicht genug Geld, um rasch allen genug zu geben, man müsse dem System nur Zeit lassen, dann würde es schon dafür sorgen, dass es schließlich allen besser ginge, es würde bald eine Lohn- und Pensionserhöhung geben, sodass das Leben für alle wieder etwas leichter würde und so weiter und so fort. Als am nächsten Tag endlich die Flugblätter der Leitungsgruppe erschienen und unter die Massen verteilt wurden, war es schon zu spät. Die Flugblätter wurden nicht einmal mehr gelesen. Die meisten Menschen hatten sich schon wieder zerstreut und waren weggegangen. Sehr viele Randalierer und Plünderer waren verhaftet worden. Auch aus dem Unigebäude waren gut die Hälfte der zunächst an der Besetzung beteiligten Studenten verschwunden. Die Kommunikation in der Uni war zwar jetzt einfacher, weil weniger Menschen da waren, aber gleichzeitig erschien den Zurückgebliebenen ihre Sache immer aussichtsloser. Sie hatten nichts erreicht. Die Regierung hatte weiter geschwiegen. Untereinander waren sie sich nun auch uneinig, wie es weitergehen sollte. General Korba, der Befehlshaber der Belagerungstruppe, erkannte die Chance und ließ seine Truppen in das Universitätsgebäude eindringen, um die Rädelsführer des Aufstandes festzunehmen. Wer konnte, entzog sich durch Flucht der Festnahme. Bekannte Personen wie Professor Werner entkamen aber nicht. Auch jene aus der Leitungsgruppe, die auf verschiedenen Plätzen zu der Menge geredet hatten, wurden aufgrund der dort von den Agenten des Systems gemachten Fotos verhaftet. Gerd und Ira wurden getrennt abgeführt und in verschiedene Gefängnisse gebracht. Sie sollten sich erst drei Monate später bei der Hauptverhandlung gegen Professor Werner wiedersehen.

* *

Eine schwierige Zeit begann. Gerd wurde brutal in eine neue, harte Erfahrung gestürzt. Das System fürchtete die Protagonisten der Uni-Besetzung sosehr, dass sie keine Besuche empfangen und keine Briefe schreiben oder erhalten durften. Lediglich der Anwalt, den Gerds

Eltern für ihn engagiert hatten, kam alle vierzehn Tage zu ihm, um mit ihm die Gerichtsverhandlung vorzubereiten. Da der Anwalt aber ständig versuchte, Gerd dazu zu bringen, Schuld, auch an den Plünderungen und Gewaltszenen auf sich zu nehmen und reuig zu sein, um ein mildes Strafausmaß zu erhalten, entzog er dem Anwalt das Mandat. Er war sich keiner Schuld bewusst. Er hatte anders gedacht als die Vertreter des Systems und das empfand er nicht als Schuld. Da er auch keine Bücher haben durfte, hatte er viel Zeit, um darüber nachzudenken, wie alles verlaufen war, was sie anders hätten machen können und wie sich sein Leben gestaltet hätte, wäre er Professor Werner nicht begegnet. Er war froh darüber, dass es so gekommen war, wie es war, denn sein Leben von vorher, das ihm von jetzt aus gesehen alltäglich und bedeutungslos erschien, hatte nun Gewicht bekommen und Kraft. Er hatte durch Werner gelernt, hinter die Dinge zu schauen und nicht sofort jedem Scharlatan zu glauben. An Werner dachte er oft und er fragte sich, wie es ihm wohl ging. Denn ohne Zweifel würde er die Hauptlast im Prozess zu tragen haben. Ira fehlte ihm sehr und dass er ihr nicht wenigstens Briefe schreiben konnte quälte ihn. Mit ihr hätte er sich gerne ausgetauscht. Die Erinnerung an die gemeinsamen Tage in Südfrankreich war für ihn in dieser Zeit in der Zelle aufbauend und tröstlich. Er konnte das Flair der Landschaft, der Wiesen und Wege, der Wälder und Dörfer lebendig vor seinem Geist auferstehen lassen. Er sah Ira mit ihrem kecken Haarschopf so deutlich vor sich, dass es schmerzte, sie nicht berühren zu können.

Zum Zeitvertreib dachte er sich ganze Dialoge mit Richtern und Staatsanwälten, vor denen er bald stehen würde, aus. Die Ideen von Werner zu durchdenken und für sich auch neu zu formulieren, zu ergänzen und weiterzuführen machte ihm große Freude und ließ ihn die Einsamkeit seiner Zelle leichter ertragen.

Mit der Zeit hatte er sich so an den Rhythmus des Gefängnisses gewöhnt, dass ihm der Zeitbegriff abhanden kam. Tag und Nacht, Abend und Morgen mit den stets gleichbleibenden Verrichtungen brachten sein Leben zum Schweben und er hatte nicht selten den Eindruck, dass er in seiner Zelle nicht allein sei. So als ob die Mauern des Gefängnisses verschwunden wären und er frei sei, aber in einer ihm fremden Welt, die er bisher nicht gekannt hatte. Die aber sehr real war, ausgefüllt mit seinen Bildern und Vorstellungen, die ihn jetzt beschäftigten. Dann erfüllte ihn eine Zuversicht, die er sich nicht erklären konnte, da doch ihr Vorhaben gescheitert war und keine Aussicht bestand, ihre Ideen in irgendeiner Form weiterzuführen. Das heißt, darüber weiterhin nachdenken konnten sie schon, aber es bestand im Augenblick keine Hoffnung, etwas davon in die Realität umsetzen zu können. Schließlich wurde aber das, was hart und brutal begonnen hatte, für ihn zu einer unvergleichlichen Lebensschule, zu einer wichtigen Erfahrung, die er nicht mehr missen wollte.

**

aus allen himmeln aus allen wolken aus allen träumen aus allem guten willen aus allem handeln aus allem gestürzt gestürzt gestürzt ein augenblick des aufatmens aber nur ein augenblick jetzt steht die zeit erneut still nein sie läuft ab das ultimatum ich stehe still die zeit läuft an mir vorbei vorbei aus und vorbei enttäuschung was habe ich geglaubt dass alles gleich aufgehen würde dass uns alles gelingen würde dass alles vorbei ist ich muss eingestehen ich bin enttäuscht ich bin zornig ich bin ratlos ich bin entsetzt ich bin hier ich bin eingesperrt ich

kann nicht gehen wohin ich will ich vermisse
ira ira der sommer in südfrankreich die
wiese unter dem weiten himmel mit den
wolkenschiffen ich träume mein leben ich
bin in gefahr zum träumen verdammt zum
handeln geboren zu träumen verdammt mit
gebundenen händen ohne fesseln hier allein
auf mich zurückgeworfen noch nie noch nie
in meinem leben so allein mit den bildern
meine seele ist voll mit bildern reißend
strömen sie vorbei es dauert lange bis sie
ruhig fließen was haben wir falsch gemacht
jetzt ist es zu spät draußen regiert wieder
die gewalt der hunger ist unsterblich auch
in mir ist der hunger unsterblich ich esse
meine träume und bin satt an hoffnung
jetzt habe ich zeit ich kann meine gedanken
wählen aber sie wählen mich ich denke an
dich ich denke an draussen menschen gehen
vorbei gehen ihren eigenen weg ich bin hier
drinnen festgenagelt eingesperrt eingesperrt
eingesperrt ich will frei sein leben handeln
gerechtigkeit erschaffen ich kann solidarisch
sein jetzt jetzt kann ich nichts jetzt bin ich
unfrei nichts nützt mein guter wille ein
albtraum bist du da bist du fort bist du du
du veränderst dich ich werde dich verändert
wiederfinden aber ich werde dich finden
danach werde ich dich finden und wir werden
uns nie mehr verlieren jetzt bin ich allein jetzt
lebe ich nicht doch ich lebe ich will leben in

mir ist unbändiger lebenswille ich lerne ich
lebe ich lerne ich lebe

**

Als Gerd schon daran dachte, dass jetzt bald der Prozess sein würde, gab es in der von der Überfülle seines inneren Lebens erfüllten Eintönigkeit seiner Zelle doch noch eine gewaltige Überraschung. Er schien so wichtig für das System zu sein, dass der Staatsanwalt in seiner Zelle erschien, um ihm einen Handel vorzuschlagen:
Er, Gerd, würde mit einer bedingten Strafe davonkommen, wenn er bei der kommenden Gerichtsverhandlung gegen Werner aussagen würde. Es war geplant, Werner als Verführer der Studenten hinzustellen, um ihn mit einer hohen Gefängnisstrafe wegen Hochverrats und Volksverführung für längere Zeit aus dem Verkehr ziehen zu können und dadurch zu verhindern, dass Ähnliches, wie schon geschehen, nicht wiederholt würde.
Der Staatsanwalt suchte jetzt unter den verhafteten Studenten und Mitgliedern der zentralen Leitungsgruppe nach geständigen, kooperativen Zeugen für die angeblichen Vergehen Werners. Gerd war so empört, dass er mit dem Staatsanwalt kein Wort sprach.

**

Im Gerichtssaal sah er zuerst Ira, die blass war, ihm aber zulächelte. Werner war stark abgemagert, hielt sich jedoch aufrecht und das Leuchten seiner Augen war eher noch stärker als früher. Sie nickten sich zu. Im Zuschauerraum bemerkte er seine Eltern. Seine Mutter weinte. Die Verhandlung selber war ein Hohn. Sie hatten nicht die geringste Chance. Was Gerd aber zufrieden feststellte, war, dass nicht ein Einziger, nicht eine Einzige mit dem Staatsanwalt einen Handel abgeschlossen hatte, sondern alle übernahmen sie die Verantwortung, die sie auch während der Uni-Besetzung getragen hatten: Sie wollten eine Änderung der Verhältnisse herbeiführen, aber mit friedlichen Mitteln. Sie hätten die Menge nicht aufgehetzt und lehnten die Verantwortung für die Gewalt und die Plünderungen ab. Werner sei für sie ein Vorbild, aber kein Verführer. Sie seien in der Lage Verantwortung zu übernehmen und zu tragen. Werner konnte man nicht wirklich etwas nachweisen und er hatte einen brillanten Verteidiger, der die notwendige Veränderung der Verhältnisse zugunsten der Unterprivilegierten und Armen mit beredten Worten vortrug. Dies und nur dies sei die Absicht des Professors gewesen, als er seine Thesen

an der Universität vorgetragen habe.
Es sei an der Zeit den Fortschritt der
Menschheit allen Menschen zugute
kommen zu lassen. Aber eine Verurteilung
konnte auch der Verteidiger Werners
nicht verhindern. Wenigstens gelang
es ihm, das Strafmaß von zehn Jahren
auf sechs herunterzudrücken. Gerd, Ira
und diejenigen aus dem Leitungskreis
in Werners Büro, die verhaftet worden
waren, wurden zu zwei Jahren Haft
verurteilt. Einige aus den weiteren
Leitungskreisen zu bedingten Strafen.

**

Der Gefängnisalltag, den Gerd schon
kannte, wurde ab jetzt insofern etwas
erleichtert, als er Bücher haben konnte,
Briefe schreiben und Besuche empfangen
durfte. Zu den ersten Besuchern gehörten
seine Eltern. Der Justizbeamte, der Gerd
hergebracht hatte, blieb im Raum. „Danke,
dass ihr gekommen seid!" „Wir sind stolz
auf dich!" „Das Ganze ist sehr schwer
für mich. Ich musste mich mühsam an
die Unfreiheit gewöhnen. Nicht gehen
zu können, wohin ich möchte, war das
Härteste für mich. Aber die Gedanken
an euch, an Ira und an das, was wir
begonnen haben, haben mich aufrecht
gehalten. Wie geht es draußen? Wir

waren hier drinnen total abgeschnitten von allem Leben." „Es sieht nicht gut aus. Die Bedingungen für die einfachen Menschen sind noch härter geworden." „Gibt es keine Veränderung in der Politik des Systems?" „Nein, aber die Polizeikräfte wurden verstärkt, um gegen die zahlreichen Überfälle auf Supermärkte einschreiten zu können. Viele Menschen wurden verhaftet und eingesperrt ..." „...sprechen sie über persönliche Dinge", schaltete sich der überwachende Beamte ein. „Bitte besucht Ira, sie hat hier keine Angehörigen." „Das werden wir", versicherten seine Eltern, bevor sie gingen.

**

Im Brief an Ira vermeidet Gerd, die vergangenen Dinge, die Gerichtsverhandlung, sowie die gegenwärtigen politischen Ereignisse anzuschneiden, um zu verhindern, dass der Brief nicht weitergeleitet wird. „Du fehlst mir. Mit deiner Lebendigkeit und mit deinem Optimismus hast du mir immer sehr geholfen. Ich kann mir nicht vorstellen in Zukunft ohne dich zu leben. Eine neue Welt kann durch uns geboren werden. Wir dürfen nicht aufgeben. Ich stelle es mir sehr schön vor, mit dir durch

die Stadt zu schlendern, die Schaufenster
anzuschauen und im Park zu sitzen
inmitten einer Lärmkulisse, die Leben
in sich birgt. Ich warte darauf, dich zu
sehen und mit dir hinzugehen, wohin wir
wollen."

**

ich liebe dich ich habe dich lieben gelernt du
bist für mich wichtig geworden lebenswichtig
ich werde nie mehr ohne dich sein können
ich kann mir nicht vorstellen dass es eine
zeit ohne dich gab du gibst mir kraft der
gedanke an dich gibt mir lebenswillen
überlebenswillen wir werden frei sein wir
werden gehen wohin wir wollen wir werden
die welt aus den angeln heben wir werden
glücklich sein die wiese in südfrankreich mit
ihren wolkenschiffen waren die oben oder
unten die gräser die in der nase kitzelten
die wolken oben oder unten du bist ein teil
meines lebens geworden geworden bist
du für mich herausgeschält aus zeit und
raum ich liebe dich ich will mein leben mit
dir verbringen ich habe gedacht ich denke
ich liebe ich weiss dass du mich auch liebst
du bist meine geliebte meine ferngeliebte
denn ich bin gefangen wegen meiner liebe
für gerechtigkeit wollten wir eintreten wir
haben es versucht wir sind zu früh daran
die zeit ist noch nicht reif wir sind noch

nicht reif wir haben noch zu warten schade
für die hungrigen hungrig zu sein muss
schmerzen ohne aussicht auf nahrung
ohne aussicht auf dich ohne aussicht ich
muss durchhalten ich will durchhalten ich
werde hier herauskommen ich muss hier
herauskommen denn ich liebe dich ich
möchte dich umarmen ich will dich spüren
nein ich gebe nicht auf sie werden mich nicht
klein kriegen ich bin stark denn ich habe
dich und werde dich nie mehr verlieren du
bist unsterblich für mich du bist für mich
ich bin für dich ich liebe dich eines tages
werden wir uns das sagen können jetzt ist
noch wartezeit jetzt müssen sie uns noch
einsperren damit wir uns nicht sagen können
dass wir uns lieben jetzt bin ich eingesperrt
dann bin ich frei dann gehe ich zu dir dann
umarme ich dich dann werden wir im himmel
sein wie das paar auf dem gemälde von
marc chagall wir werden fliegen wir werden
unseren traum verwirklichen denn wir sind
liebende wir werden solidarisch sein und
stark weil wir uns lieben mein leben und
deines eines unser leben

* *

Wohl hatte man Gerd Werke von
Broomfield, Mayer, Sardi und Römberg
gebracht, aber Werner war keiner zu
bekommen. Den hatte man auch in der

Form seiner Bücher aus dem Verkehr gezogen. Der war zu gefährlich. Die anderen galten schon als Klassiker und als angepasst. In ihnen sah das System keine Gefährdung, deshalb durfte er sie lesen. Gerd konnte auf diese Weise aber den Werdegang der Idee der Verantwortlichkeit des Einzelnen in der Masse studieren.
Die Ideen Werners kannte er ja. Er konnte sie also gut in eine Reihe mit den Ideen seiner Vorgänger bringen. Viele Stunden seiner Gefängnistage waren jetzt mit Studium angefüllt. Die im Tageslauf vorgesehenen Stationen konnten seine Denkgänge kaum unterbrechen. Bei den Briefen, die er an Ira, die Eltern oder Freunde schrieb, musste er sich zwingen, nichts über seine Ideen, die ihn bewegten, zu schreiben, um keinen Verdacht auf Wiederbetätigung aufkommen zu lassen und die Briefe nicht an die Zensur zu verlieren. Besuche empfing er mit großer Freude. Sprechen zu können erfüllte ihn mit Dankbarkeit, er neigte nicht zu Selbstgesprächen. Allerdings war es auch bei den Besuchergesprächen angebracht, Alltägliches zu bereden. Immer, wenn das Gespräch auf die Verhältnisse draußen kam, unterbrach der Beamte und forderte sie auf, über Privates zu sprechen.

**

So hatte sich, trotz aller Abwechslung eine gewisse Eintönigkeit im Tagesablauf eingestellt, als Gerd eines Tages ein Besuch gemeldet wurde. Er hatte mit keinem gerechnet und war neugierig. Im Besucherraum stand ein Mann mittleren Alters, den er nicht kannte. Als sie sich gegenübersaßen, die Glasscheibe zwischen sich und den Hörer in der Hand, hatte Gerd ein großes Fragezeichen im Gesicht. Sein Gegenüber fing zu sprechen an: „Ich bin Eiboi, Student in London. Ursprünglich komme ich aus Australien. Ich habe von Ihnen und Ihrer Bewegung gehört und – ich habe gespürt, dass Sie in Schwierigkeiten sind, da bin ich gekommen, um Ihnen zu helfen, wenn ich kann." „Wie wollen Sie uns helfen?" „Ich werde warten, bis Sie in Freiheit sind." „Das dauert noch ein Jahr!" „Gut. Ich werde mich an ihrer Universität einschreiben und inzwischen hier studieren!" „Klingt fantastisch." „Ich werde hier nicht über meine Hilfe für Sie sprechen. Ich will Sie nicht in Gefahr bringen. Sehen Sie zu, dass Sie aus dem Gefängnis kommen, dann werden wir" ... „Sprechen sie über private Dinge", schnarrte der Beamte. Eiboi war Aborigine und studierte Völkerkunde in London. Sie sprachen über die Bedingungen dort,

über seine Herkunft und die Probleme,
die sein Volk in seiner Heimat hat. Als er
ging, blieb Gerd staunend und zwiespältig
zurück. Was ging hier vor. Wie hatte
Eiboi ihn gefunden, wie den Weg über
Kontinente hinweg zu ihm gefunden –
ein Unterprivilegierter zu einem anderen
Unterprivilegierten. Von dem Tag an
spürte er, wie ihm mehr Mut zufloss
und er erinnerte sich an die Freiheit,
die er vor der Gerichtsverhandlung im
Untersuchungsgefängnis verspürt hatte
und an jenes Gefühl, nicht allein zu sein,
das er damals so stark empfunden hatte.
Es war jetzt zurückgekehrt.

**

Eiboi besuchte ihn nicht mehr. Gerd
dachte sehr oft an ihn. Seine eigenen
Überlegungen bezüglich der notwendigen
Veränderungen gewannen an Zuversicht,
obwohl er von den anderen abgeschnitten
war. Das war etwas, was ihn einerseits
bedrängte und ungeduldig machen wollte,
aber andererseits war er gereift und in der
Lage zuzuwarten. Am Tag der Entlassung
hörte er kaum auf die Worte des Direktors
mit den üblichen Ermahnungen. Am
Gefängnistor erwarteten ihn seine Eltern
und umarmten ihn. Es war gut, vertraute
Menschen zu spüren. Als er sich suchend

umsah, sagte sein Vater: „Eiboi lässt dich grüßen. Er ist beim Frauengefängnis, um Ira abzuholen. Wir treffen die beiden bei uns zu Hause. Da sind wir sicher, nicht abgehört zu werden." „Was, soweit ist es schon?" „Ja. Jeder,
der in irgendeiner Form mit eurem Aufstand in Verbindung war, muss damit rechnen, verwanzt zu werden." „Da wäre es doch besser in ein Cafe zu gehen!" „Nein, dort ist am sichersten zu erwarten, dass unsere Unterhaltung mitgeschnitten wird."
„Na großartig!"
Die Umarmung mit Ira war intensiv. Sie sah blendend aus. Der Bürstenhaarschnitt stand ihr fantastisch und ihr Augen blitzten vor Empörung und Unternehmungslust. „Wann geht es los? Wo sind die anderen, die auch entlassen wurden?" „Moment, wir müssen uns erst einmal in der Freiheit zurechtfinden, dann überlegen, was wir tun können und schauen, wer bereit ist, mit uns mitzugehen und erneut eine Niederlage zu riskieren. Denn sind wir ehrlich, nach dem, was wir wissen, haben wir wenig Chancen, etwas zu erreichen. Das System dürfte sich in den letzten zwei Jahren eher weiter stabilisiert haben." „Jetzt feiern wir erst einmal", meinte Gerds Vater. „Wir

freuen uns sehr, dass du wieder unter uns bist." „Ich freue mich auch sehr", sagte Gerd und umarmte Ira.

Nachdem sie kurze Zeit bei Gerds Eltern waren, ließ die Türklingel Gerd zusammenzucken. „Keine Angst", meinte Eiboi, „du wirst staunen, wer da jetzt kommt". Gerds Vater öffnete. Zwei, Gerd völlig unbekannte Männer, ein jüngerer und ein älterer, traten ein. Sie wurden von den anderen begrüßt. Gerd blieb ratlos. Eiboi übernahm die Vorstellung: „Das ist Terka aus Lhasa und das ist Ankhar aus Indien, sie sind gekommen, um euch – uns – zu helfen, neue Verhältnisse zu schaffen, in denen es für alle Menschen Gerechtigkeit gibt." Gerd staunte nicht schlecht. Er gab beiden Männern die Hand. Terka sei ein buddhistischer Mönch und Ankhar ein heiliger Mann aus Indien. Bei Ankhar spürte er eine große Vertrautheit und hatte den Eindruck, dass dieser, allein durch den Händedruck, viel aus seinem Leben erfuhr, ohne dass sie sprachen. Was geschah hier? Aber er war bereit, sich auf das, was geschah, einzulassen, seine Gefühle zuzulassen und nicht alles allein mit dem Verstand zu untersuchen. Jedenfalls geschahen hier Dinge, die ausserhalb seiner Erfahrungswelt lagen.

Es war, als ob in dieser unbedeutenden
Wohnung, in der ein Elternpaar glücklich
war, den Sohn wieder zu haben, Energie
zusammenströmen würde, um einen
Kraftpunkt zu bilden.

* *

ich bin frei frei zu gehen wohin ich will ich
kann frei herumgehen ich bin frei ich sehe
dich nicht nur mehr in meinen träumen
du bist jetzt real für mich ich kann sehen
staunen mich öffnen da ist nicht mehr nur
die wiese in südfrankreich da bist du du bist
real meine liebe ist eine realität die werde
ich nicht mehr verlieren wir haben einen
gemeinsamen weg unser weg ist befreit
von anklage und gericht wir haben gebüßt
gebüßt wofür wir waren der meinung
richtig zu handeln und notwendiges zu tun
haben wir gebüßt wir haben gelernt wir
haben unserem leben eine neue dimension
hinzugefügt wir brauchen uns nicht zu
schämen im gefängnis gewesen zu sein
wir waren frei inmitten von fesseln wir
haben für eine gerechte sache gekämpft
wir konnten noch nicht erreichen was wir
für gerecht halten wir brauchen noch zeit es
ist notwendig geduldig zu sein wir haben
an kraft hinzugewonnen wir haben neue
freunde gewonnen die positive kraft der
welt strömt uns zu vervielfacht ist unsere

energie der himmel über südfrankreich
mit seinen wolkenschiffen der lavendel
die gräser die dich in der nase kitzeln du
jetzt hier eine andere zeit ein anderer
äon die notwendigkeiten fordern uns die
alltäglichkeiten wollen uns einholen wir
atmen tief durch es wird notwendig sein gut
zu überlegen gut zu überlegen wir müssen
unseren ideen vertrauen wir werden die
besseren ideen haben es ist notwendig zu
lieben und mit einem versöhnten herzen
zu kämpfen noch ist alles offen wir sind
noch nicht an der reihe haben wir zu voreilig
gehandelt nein es war richtig es war zeit zu
handeln es ist zeit dich zu lieben den sturm
haben wir entfacht aber er wurde gezähmt
man hat dem sturm fesseln angelegt es gibt
keinen sturm alles ist in bester ordnung die
ordnungshüter sind zufrieden aber es gibt
keinen sturm dem man auf dauer fesseln
anlegen kann wir sind nicht bereit still zu sein
unser hunger ist geweckt unser hunger nach
gerechtigkeit unser hunger nach solidarität
es ist nur eine frage der zeit wir können
warten bis es möglich sein wird den hunger
nach gerechtigkeit zu stillen

**

Gerd und Ira gingen wieder zur Universität, um ihr Studium voranzutreiben. Der Professor, der

jetzt anstelle von Markus Werner vorlas,
konnte einem Vergleich mit diesem
nicht standhalten. Er war trocken und
einfallslos. Gerd wusste fast immer, was
kommen würde, da der Neue die Klassiker
verwendete, die Gerd im Gefängnis
gelesen hatte. Dass ihr Leben für sie
in Zukunft nicht einfach sein würde,
bemerkten Gerd und Ira vor dem Sommer,
als sie einen Ferienjob suchten und meist
Ablehnung erfuhren. Nicht selten ließen
die Firmen und Institutionen, bei denen
sie sich bewarben, durchblicken, dass sie
nicht eingestellt wurden, weil sie vor zwei
Jahren zur Rebellengruppe gehört hatten.

**

Es begann nun auch die Zeit der
Kontaktaufnahme mit den anderen, aus
dem Gefängnis entlassenen Gefährten.
Sie trafen sich in Wohnungen, die
zuvor gründlich abgesucht worden
waren, oder in denen immer jemand
anwesend gewesen war. So versuchten
sie, zu verhindern, abgehört zu werden.
Lieber noch trafen sie sich in Parks
oder überhaupt außerhalb der Stadt
in freier Natur, um ihre Meinungen
auszutauschen und für die Zukunft zu
planen. Die Diskussionen waren heftigst.
Gegenpole hatten sich in den letzten zwei

Jahren entwickelt. Da viele von ihnen im Gefängnis gewesen waren, fehlte ihnen die Weiterentwicklung durch die Diskussion. Die eine Seite ging bis zur Gewaltanwendung, während die extreme Gegenseite nichts weiter unternehmen wollte, weil sie der Auffassung war, dass das System ohnehin vor dem Zusammenbruch stand. Es dauerte gut dreieinhalb Monate bis sie sich halbwegs in der Mitte geeinigt hatten. Noch immer waren hauptsächlich jene an den Diskussionen beteiligt, die während der Besetzung der Universität in den Leitungsgruppen vertreten gewesen waren. Gegen Neuzugänge waren sie misstrauisch und hatten sie abgelehnt. Es konnte sich um Agenten des Systems handeln. Eiboi, Terka und Ankhar waren dabei, hielten sich aber eher zurück. Gerd stellte sie deswegen einmal zur Rede, erhielt aber nur die kryptische Auskunft, dass sie mit dem Vorgehen der Gruppe einverstanden seien. Es kam aber vor, dass, da sie vom System weiter überwacht wurden, ein Polizist zu ihrer Gruppe kam, um sie zu kontrollieren und ihnen Fragen zu stellen, dann übernahm Ankhar die Antworten. Er sprach mit dem Polizisten und dieser zog in wenigen Minuten, sich entschuldigend, ab. Gerd beobachtete so eine Szene einmal und stellte erstaunt fest, dass der Polizist sehr verlegen wurde, bevor er wegging. „Was machst du mit ihm?" fragte Gerd Ankhar. „Ich schaue auf sein Leben!" „Das ist alles?" „Das ist alles!" „Und was siehst du da?" „Ich sehe ganz nach innen, ich sehe, wie es ihm geht, welche Traurigkeiten ihn bewegen und was ihm fehlt. Die meisten Menschen verwirrt das, weil sie diese Dinge verbergen möchten." „Wieso kannst du das?" „Das frage ich mich nicht mehr. Ich habe lange auf NICHTS geschaut. Jetzt sehe ich mehr. Das ist alles."

**

Während sie viel Zeit damit verbrachten, ihrer Bewegung einen Namen zu geben, nahmen die Unruhen zu. Gerd hatte ein schlechtes Gewissen. Viele Menschen kämpften um ihre Existenz, buchstäblich um ihr Leben und sie führten hier eine akademische Diskussion, die den Menschen draußen nicht half. Trotzdem oder vielleicht gerade deshalb diskutierten sie in dieser Frage emotioneller als sonst. Vorschläge gab es genug: „Gerechtigkeit für alle", „Revolutionäre Gerechtigkeit", „Menschen für Gerechtigkeit", „Neue Gerechtigkeit", „Leben für alle" und so weiter. Keiner der Titel fand die

Zustimmung der ganzen Gruppe. Die meiste Anerkennung bekam noch ein Beitrag von Chris aus der juristischen Abteilung: „menschengerecht.jetzt". Damit, so fanden fast alle, war ihr Programm ausgedrückt und noch dazu ein Zeitpunkt festgelegt. Die nächste Frage die sich stellte, war, wie sie in die Öffentlichkeit gehen sollten. Eine heikle Frage. Sie arbeiteten im Prinzip noch auf derselben Grundlage, wegen der sie verhaftet worden waren, die Situation war noch angespannter als damals und die Maßnahmen des Systems drakonischer geworden. Eine Kundgebung, wie sie die meisten von ihnen forderten, schien der falsche Weg. Es musste etwas Unangemeldetes geschehen, gleich in welcher Form, denn wenn sie eine Kundgebung anmelden würden, wäre der Systemapparat im Vorteil und könnte schon von vorneherein verhindern, dass sie agierten.

Diesmal wurden manche unter ihnen ungeduldig, weil die Entscheidung gar so lange dauerte. Gerd fand auch, dass dringend etwas geschehen musste, um die bürgerkriegsähnliche Stimmung zu entschärfen. Er selbst bezweifelte, dass die zuletzt von allen gebilligte Aktion dazu beitragen könnte, denn sie hatten sich am

Ende darauf geeinigt, einen Supermarkt zu besetzen und die dort befindlichen Lebensmittel zu verteilen. Sie hatten berechnet, dass sie wahrscheinlich 20 Minuten Zeit hatten, bis die Polizei eintraf. Dann mussten sie wieder weg, um nicht zu riskieren, schon bei der ersten Aktion verhaftet zu werden. Die Diskussion um die Verteilung der Lebensmittel war das bisher härteste gewesen, was Gerd erlebt hatte. Denn praktisch war es Diebstahl und sie mussten damit rechnen, strafrechtlich verfolgt zu werden. Fortan würden sie im Untergrund leben müssen, wenn sie ihrer Sache erhalten bleiben wollten. Am Abend vor der Aktion waren einige von ihnen im Slum gewesen und hatten dort die Nachricht verbreitet, dass es am nächsten Morgen beim Supermarkt XY eine Verteilungsaktion von Lebensmitteln geben würde. Das war, wie sich herausstellte, purer Leichtsinn gewesen, denn am erwähnten Supermarkt hatten sich schon frühzeitig mehrere Polizisten aufgestellt, um den Markt zu bewachen. Agenten des Systems – gekaufte Bewohner des Slums – die zwar dort wohnten und Armut vortäuschten, aber vom System ein Gehalt bezogen, hatten von der Sache erfahren und natürlich sofort eine Meldung an die

Polizei gemacht. Die Enttäuschung in der Gruppe war groß, denn das Ganze war als Überraschungscoup gedacht gewesen und hätte auf jeden Fall Aufsehen erregt. So wunderten sich nur die Kunden des Supermarktes, dass sie heute unter Polizeibewachung einkaufen konnten oder mussten. Dabei hatten Gerd und seine Freunde noch Glück gehabt, denn hätte die Polizei eine Hinterhalt aufgebaut, so wären sie alle schon wieder im Gefängnis und würden diesmal nicht mit zwei Jahren davonkommen. Die Aktion war wie ein Schlag vor den Kopf und brachte sie zur Besinnung. Das war nicht der richtige Weg. So eine Aktion würde alles zunichte machen, wofür sie arbeiteten.

**

ich bin aufgewacht aus einem traum das leben die liebe kein spiel das leben zeigt mir seine harte seite ich muss vorsichtig sein ich stürze in einen abgrund ich finde keinen halt wir sind soviele wir haben einen fehler gemacht wir haben das system auf die leichte schulter genommen ich liebe dich trotzdem ich liebe das leben ich bin stark geworden mein leben geht einen guten weg wir dürfen nicht aufgeben wir haben riesiges glück gehabt das ist noch nicht das ende ein wink des schicksals unser leben

ist immer gefährdet noch ist nicht alles
verloren wir sind jung wir haben zeit aber
die menschen haben hunger und niemand
gibt ihnen zu essen es gibt genug für alle die
solidarität fehlt es wachsen uns freunde und
fähigkeiten zu mit denen wir nie gerechnet
hätten jeder von uns ein universum an
können an ideen an liebe voll liebe für die
menschen und diese welt nichthandeln
nichtlieben nichtkämpfen nichtteilen sind
jenseits unserer welt unsere welt ist voller
frieden und voller hoffnung hoffnung und
frieden wir werden nicht aufgeben wir
staunen wie stark wir sind ich liebe dich
und ich werde dich immer lieben du bist ein
energiespender für mich ich liebe dich und
du liebst mich und ich kenne dich schon
ewig ich werde die zeit vor dir einfach
vergessen nein ich vergesse nichts aus dem
leben ich will das ganze unfertige und fertige
leben genießen jetzt aber mit dir wir haben
noch zu tun später können wir genießen jetzt
ist es zeit findig zu sein und einen anderen
weg zu suchen wir dürfen uns keine blöße
mehr geben denn der gegner ist stark wir
müssen unseren gegner lieben das wird
ihn entwaffnen wir kämpfen ohne waffen
wir kämpfen kampflos wir lieben unter dem
himmel mit den wolkenschiffen die ihre last
zu einem anderen kontinent der hoffnung
tragen und dort abladen wir stützen uns

auf unsere freunde sie werden uns halten
und tragen und zu einem neuen morgen
in solidarität mit uns gehen du und meine
freunde mein leben ist reich ich staune über
meinen weg ich gehe ihn mit staunen und
freude du bist bei mir

**

Erneut begannen die Diskussionen.
Die zündende Idee wollte sich
aber nicht einstellen. Die Lage
erfuhr eine Dramatisierung, weil der
Ministerpräsident nur knapp einem
Anschlag entging. Überall sammelten
sich Menschen zu Protesten. Die Lage
war äußerst ernst. Das System regierte
mit eiserner Hand. Zu dieser Zeit hatte
die Gruppe aber einen starken Zulauf.
Immer mehr Menschen waren bereit
für eine Veränderung der Verhältnisse
einzutreten. Es waren auch etliche aus
den umliegenden Kirchengemeinden
dabei, die auf ein umfassendes
Netz von Kontakten im ganzen Land
zurückgreifen konnten. Das änderte zwar
die Ausgangsposition, aber erschwerte
sie gleichzeitig auch, denn wie sollte in
einer immer größer werdenden Gruppe
die Sicherheit garantiert werden. Wie
sollten Fehler im Überbringen von
Nachrichten vermieden werden – Fehler,

die das System ausnützen würde. Aber
an sich war es ungemein erfreulich, dass
die Idee jetzt eine solche Verbreitung
fand. Gerd versuchte mit verschlüsselten
Sätzen Professor Werner bei einem
Besuch im Gefängnis die Entwicklung
zu erklären. Aber bei jedem zweiten Satz
wurde er vom wachhabenden Beamten
unterbrochen. Werner verstand aber und
ermutigte Gerd weiterzumachen.

**

Gerd und seine Freunde waren jetzt oft
außerhalb der Stadt, um in den Wäldern
und auf den Bergen zur Ruhe zu kommen
und Kraft zu schöpfen. Eines Tages
sagte Eiboi: Ich werde unsere Gruppe
singen. Wir sind noch nicht vollständig.
Zwei fehlen noch. Sieben Menschen
aus verschiedenen Völkern werden den
Umschwung bringen. Sieben Menschen
aus sieben unterdrückten Völkern. Und
er ging ein Stück den Hügel hinauf, bei
dem sie gerade waren, hockte sich hin
und begann eine sonderbare Melodie, wie
Zickzacklinien, zu singen. Sie waren heute
eine große Gruppe von sicher fünfzig
Leuten. Alle waren still und lauschten
dem Gesang Eibois. Frieden erfüllte
sie. Sein Verhalten war für sie absolut
vertrauenserweckend. Die Diskussionen

waren damit für heute beendet. Eiboi sang
lange. Dann gingen sie durch den Abend
nach Hause. Gerd hatte den Arm um die
Schultern von Ira gelegt. Sie sprachen
nicht. Aber etwas, wie die Art von Ankhar
war in ihnen. Sie kommunizierten
miteinander ohne zu sprechen. Sollten in
der kurzen Zeit, die sie zusammen waren,
schon Fähigkeiten von Ankhar auf sie
übergegangen sein? Ein Glücksgefühl
durchströmte sie.

**

wir fliegen schon wir wundern uns nicht
mehr wir sind traumtänzer geworden unsere
herzen und taten sind eins wir brauchen
nicht mehr viele worte wir vertrauen wir
warten wir lieben kontinente und kulturen
verschmelzen in unseren herzen staunen
und lernen sind unsere wichtigsten
beschäftigungen werden wir jemals wieder
normalen tätigkeiten nachgehen können
aber ja essen und trinken einkaufen und
holz spalten werden wichtig bleiben wir
brauchen die normalität um nicht für immer
abzuheben in momenten wie diesem scheint
alles möglich weltfremdheit wäre das falsche
worte weise gewählt sind tautropfen auf
durstige seelen das brausen und summen
der stadt um uns wir dürfen nicht vergessen
erinnern ist gegen das vergessen erinnern

schaut auf den hunger der vielen sie sind
verlassen wenn wir abheben wir brauchen
bodenhaftung wir dürfen nicht vergessen
dass wir gebraucht werden ich brauche
deine liebe du gibst mir mut ich danke
dir für dein vertrauen du hast mein leben
reich gemacht und ich versuche dir etwas
zurückzugeben wohin wir auch gehen es
ist gut wenn unser weg der gleiche ist wie
damals in südfrankreich unter den großen
wolkenschiffen mit ihrem segen welt und
zeit verfliegen vor dem dienst den wir zu
leisten haben das system hat unserem
willen nichts entgegenzusetzen wir werden
siegen nein wir werden die ungerechtigkeit
überwinden aber nur wenn wir mit einem
versöhnten herzen kämpfen eines tages
wenn das alles vorbei ist wird das alles je
vorbei sein es ist noch so ein großer berg
vor uns dahinter liegt die freiheit das sattsein
die solidarität hinter dem berg werde ich
dich heiraten hinter den bergen bei den
sieben zwergen dort wo sich fuchs und hase
gute nacht sagen aber wir können nie mehr
für uns allein sein immer werden 300.000
freunde mit uns sein ist das nicht grandios
ist das leben nicht ein grandioses geschenk
aber die hochzeit wird teuer sein

* *

Der Hauptpunkt der Diskussionen war, dass es darum ging, und darin waren sie sich einig, Zugang zu lebensnotwendigen Gütern für alle zu schaffen. Dieser war den meisten Menschen im Augenblick verwehrt. Mit Almosen, auch die Verteilungsaktion wäre ein solches gewesen, war der Sache nicht gedient. Und - noch hatten sie Hemmungen, sich so offensichtlich gegen die Gesetze zu wenden. Doch der Leidensdruck der verarmten Bevölkerung wurde immer stärker. Nahrung und medizinische Betreuung waren unerschwinglich geworden. Die Fortschritte, gerade auf medizinischem Gebiet waren großartig, aber nur wenige Menschen konnten sie bezahlen. Etwa zehn Tage, nachdem Eiboi auf dem Hügel gesungen hatte, stand ein Afrikaner vor der Tür und stellte sich als Sana vor. Er stamme aus Zentralafrika und wolle mit ihnen zusammenarbeiten. Jetzt waren sie sechs, also fehlte noch Einer oder Eine. Die größer werdende Gruppe und die mögliche Vernetzung übers ganze Land brachten sie auf die Idee der Gleichzeitigkeit. Eine Aktion im ganzen Land zur gleichen Zeit ohne Vorwarnung, das wäre es.

Aber sie erlitten auch Rückschläge. In der benachbarten Stadt wurden vierzehn Kollegen verhaftet. Es musste eine undichte Stelle gegeben haben, einen Maulwurf. Das gefinkelte daran war, dass sich der Maulwurf anscheinend mitverhaften hatte lassen, da keine der noch übrigen Personen dort des Verrats fähig war. Ein weiteres Problem waren die Kopien, die von der Gruppe entstanden. Kopien, die für den eigenen Vorteil arbeiteten, auch für die eigene Tasche und sie daher in Verruf brachten. Gerd war nahe daran, der Gruppe zu raten, vorübergehend die Arbeit einzustellen, als der Siebente auftauchte. Sie waren in einen kleinen Ort gefahren, in dem über den Sommer ein Indianerdorf errichtet worden war. Als einer der Indianer die Gruppe vorübergehen sah, blickte er auf, zögerte keinen Augenblick und schloss sich ihnen an. Es war Rako aus Mexiko. Er wusste jetzt, warum er mit den Stammesfreunden mitgekommen war. Sogleich hob sich die Stimmung der Gruppe. Sie waren jetzt im Kern vollzählig, sieben Menschen aus sieben unterdrückten Völkern, ihr Handeln würde jetzt in die entscheidende Phase treten.

**

Die härteste Zeit stand ihnen allerdings noch bevor. Terka war es, der ihnen den Weg zur nächsten Aufgabe wies. Er sagte eines Tages: „Ihr könnt die Sache nicht ohne die Menschen machen, ihr müsst zu ihnen gehen und mit ihnen Gruppen aufbauen, die dann selbständig Aktionen durchführen. Sonst arbeitet ihr auch von oben herab, wie das System. Dass wir alles koordinieren, ist eine andere Frage. Zuerst müsst ihr die Menschen zum selbständigen Handeln führen. Ich denke mir, dass jeder von euch in einen der Slums geht und dort wohnt, um das Leben der Leute teilen zu können. Wir kommen regelmäßig zusammen, um uns auszutauschen und zu ermutigen, aber unser Leben muß jetzt vervielfältigt werden." Das war eine der längsten Reden, die sie von Terka je gehört hatten und sie traf sie wie ein Keulenschlag. Sie sollten auseinandergehen? Sie sollten den geschützten Raum der Gruppe verlassen? Sie konnten sich das schwer vorstellen und die Diskussionen darüber dauerten tagelang. Aber Terka ließ nicht locker. „Es muss sein", sagte er immer wieder. Und: „es wird ein Jahr dauern!" „Soviel Zeit haben wir aber doch nicht, schau dir die Leute an, da verhungern doch viele in einem Jahr!" Terka gab aber nicht nach, bis sie eine Einteilung gefunden hatten und entschieden hatten, wer mit wem gehen sollte. Keiner sollte ganz allein gehen. Für Gerd war klar, dass es nur einen Partner für ihn gab: Ira. Insofern ging er gerne, denn nun würden sie wirklich ganz aufeinander angewiesen sein. Zwar in einer ganz eigenen Art von gemeinsamem Leben, aber in einem gemeinsamen Leben. Nachdem sie ein Wochenende für ein Treffen in der Gruppe vereinbart hatten, gingen sie nach Hause, um ein paar Dinge in einen Rucksack zu packen und abzuziehen ins neue Leben. Gerd und Ira waren in ein Blech- und Pappendeckeldorf entsandt worden, das in einem Park nahe dem Rangierbahnhof lag. Sie wurden misstrauisch von den Leuten gemustert. Nachdem sie eine Weile in einem Rest von Wiese gesessen waren, kamen die ersten Kinder zu ihnen und strichen um sie herum. Ira hatte ein paar Süßigkeiten eingesteckt und gab sie den Kindern. Sofort entstand eine Balgerei. Ah, falsch, dachte Ira. Ich müsste jedem das gleiche Bonbon geben, damit sie nicht streiten – wieder etwas dazugelernt. Während Ira mit den Kindern beschäftigt war, sah Gerd, wie sich auf der anderen Seite des Platzes ein Mann bemühte einige Bretter als Tür an seiner

Hütte anzubringen. Gerd ging hin, um ihm behilflich zu sein, aber der Mann verschwand in seiner Hütte. Gerd setzte sich vor die Hütte. Es dauerte einige Zeit, bis der Mann wieder herauskam. Gerd sprach ihn an und bat ihn, ihm helfen zu dürfen. Der Mann sagte: „Ich heiße Ferry!" „Gerd!" Dann versuchten sie, die Bretter anzubringen. „Woher kommst und was willst du hier?" „Ich bin aus dieser Stadt und wohne im Zentrum. Ich bin Student..." „Ja, ich glaube, ich habe dich im Fernsehen gesehen, beim Prozess." „Ah! Gut, dann kennst du mich ja bereits! Ich bin hier, um bei euch zu leben!" „Hier? Bist du verrückt?" „Ja, wir möchten euer Leben teilen und zusammen mit euch etwas Neues versuchen. Wo könnten wir wohnen. Ein trockener Platz genügt uns." „Warte! Dort drüben in der Hütte lebt eine Frau ganz allein. Ich werde sie fragen. Bleib inzwischen hier!" Der Mann ging zu der Hütte hinüber, klopfte an das, was man als Tür bezeichnen konnte und verschwand in der Hütte. Es dauerte, fast eine halbe Stunde, bis er wieder herauskam. Er winkte zu Gerd herüber. Gerd und Ira setzten sich, umschwärmt von einer Schar Kinder zu der Hütte hin in Bewegung. Die Frau sah verhärmt aus, aber sie begrüßte sie freundlich. Der

Mann schien sie überzeugt zu haben, dass sie die Gäste aufnehmen sollte. Gerd bot der Frau die Orangen an,
die er im Rucksack hatte. Sie aßen miteinander und sprachen über die Situation im Slum. Dauernd waren sie durch den Lärm, der vom Bahnhof herüberdrang gestört. „Keiner kümmert sich hier um den anderen. Jeder muß sehen, wie er selber zurecht kommt."
„Aber dadurch werdet ihr auch nichts erreichen. Nur gemeinsam seid ihr stark." „Ja", seufzte die Frau, dann zeigte sie ihnen die Ecke, in der sie wohnen konnten. Alles hier war auf den ersten Blick deprimierend, aber sie fassten von Anfang an eine starke Zuneigung zu den hier wohnenden Menschen. Ihre Theorie war in der Praxis angekommen.

**

der weg geht vor uns auf wir brauchen
nur den ersten schritt zu setzen etwas
neues tut sich vor uns auf wir kommen
aus dem staunen nicht heraus wir haben
neue freunde gewonnen freunde mit denen
wir nicht gerechnet haben freunde vom
leben gezeichnet jetzt sehen wir was wir
vorher schon gewusst haben jetzt sehen
wir was hunger ist jetzt erfährt unsere idee
neue nahrung durch hungrige menschen

wir möchten zu ihrer würde beitragen wir
leben mit ihnen leben wir mit ihnen wir
können gehen und uns essen kaufen sie
können nirgendwohin gehen wir lernen von
ihnen unter allen umständen in würde zu
leben eine unserer härtesten prüfungen
unser leben reich reichtum für unser
leben erfahrung von ewigkeit wesentliche
erfahrungen spüren von aussichtslosigkeit
hoffen wider alle hoffnung versinken in einer
fremden welt untergehen aber wenigstens
in würde ich bin sehr betroffen ich brauche
zeit zeit um zu ertragen ich möchte unser
tempo beschleunigen ich meine wir
müssten dringend mehr tun wenigstens
die zeit anhalten wäre das notwendigste
um die leiden zu verkürzen aber nein der
weg geht mit uns weiter für mich quälend
langsam etwas tröstet mich der mut und die
lebensfreude der menschen hier was wäre
wenn was wäre wenn ich auf dauer hier
leben müsste jeden tag hungrig aufstehen
versuchen etwas essbares zu finden und
vielleicht mitansehen müssen wie die deinen
hungern meine entschiedenheit ist hier
gewachsen nichts soll mich vom weg für
diese menschen abbringen und du bist da
und ich liebe dich und ich bin froh dass du
da bist ohne dich nicht auszudenken danke
dass du da bist was wir zu tun haben ist
einfach wir brauchen nur da zu sein und zu

staunen wir haben wenig viel zu tun wir sind
schüler von lebensmeistern von menschen
der höchste titel für dich mensch unser
lernen geht immer weiter es ist durch nichts
aufzuhalten das gefängnis ein lehrmeister
diese menschen hier lehrmeister unsere
freunde lehrmeister du meine lehrmeisterin
das leben ist unendlich geweitet

**

Die nun folgenden Wochen und Monate waren eine starke Prüfung. Von den äußeren Umständen her und von dem, was sie sich mit den Menschen vorgenommen hatten. Die fortschreitende Jahreszeit brachte Kälte und Regen mit sich. Sie besorgten sich Schlafsäcke, um trotz der kühlen Nächte schlafen zu können. Auch ihrer Gastgeberin hatten sie einen Schlafsack gebracht, die so etwas natürlich nicht besaß. Versammlungen konnten sie sowieso nur im Freien abhalten, da es keinen einzigen Raum gab, der mehr als sechs oder acht Personen fasste. Und immerhin lebten hier in diesem Slum ungefähr siebenhundert Menschen. Angefangen hatten sie bei den Kindern, die den ganzen Tag im Freien waren und nicht zur Schule gingen. Ira versuchte, ihnen Lesen und Schreiben beizubringen oder mit ihnen zu üben, wenn sie schon irgendwelche Kenntnisse hatten. Als Tafel benutzten sie einfach irgendeine Hüttenwand, die noch nicht beschriftet war oder sie lasen die Texte von den Kartons ab, aus denen die Hütten gebaut waren. Ira benützte die Methode des Brasilianers Paulo Freire, der die Menschen lesen gelernt hatte, indem er Wörter verwendete, die für sie die größte Bedeutung hatten – Brunnen, Hunger, Brot, Solidarität, Arbeit, ... Die Kinder lernten schnell, waren sehr findig und führten Ira zu immer neuen Aufschriften. Als sie schon ein paar Worte kannten, brachten sie manchmal am Vorabend selber Aufschriften an, um Ira zu necken. Aber immerhin lernten sie dadurch auf spielerische Weise, obwohl das Fehlen der geringsten Unterrichtsmittel eine Katastrofe war. Gerd ging herum und versuchte Hand anzulegen, wo Hilfe nötig war, und er versuchte, mit möglichst vielen in Kontakt zu kommen. Sie waren mit der Zeit akzeptiert worden, fühlten sich aber gedrängt, weil Terka von einem Jahr gesprochen hatte. Die Kontaktnahme allein hatte die Hälfte davon verschlungen. Sie hatten das Gefühl, dass sie nicht wirklich viel zuwege brachten. Bei den Zusammenkünften in der Gruppe bemerkten sie aber, dass es den anderen auch nicht besser ging. Terka tröstete sie und sagte ihnen, dass das zweite Halbjahr leichter sein würde. Tatsächlich kamen dann die Slumbewohner zu den von ihnen vorgeschlagenen Versammlungen, in denen sie versuchten, ein gewisses Gemeinschaftsgefühl aufzubauen. Zumindest wurden nicht schon bei den geringsten Vorkommnissen härteste Auseinandersetzungen ausgetragen, die früher nicht selten mit Schlägereien geendet hatten. Gegen Ende des Jahres war es sogar möglich eine Diskussionskultur festzustellen, es wurde nicht gleich dazwischen geschrien, wenn jemand eine andere Meinung hatte. Die Reihenfolge von Wortmeldungen wurde eingehalten und die Anliegen wurden sachlich vorgetragen. Gerd und Ira fanden, dass sie insgesamt doch sehr viel erreicht hatten. Der Höhepunkt des Ganzen aber war, dass auf ihren Vorschlag hin eine Leitungsgruppe für den Slum gewählt wurde. Stolz standen die gewählten Vertreter vorne und taten sehr wichtig. Gerd fand aber auch, dass gute Leute gewählt worden waren, solche, die nun auch gegenüber der Stadtverwaltung auftreten konnten und ihre Rechte einzufordern in der Lage waren. Gerd und Ira wollten, dass der erste Vorstoß der neuen Leitung bei der Stadtverwaltung noch in der Zeit erfolgen sollte, während der sie im Slum anwesend waren. So wollten sie vermeiden, dass die neue Leitungsgruppe sich von ihnen verlassen vorkam. Nach längeren Diskussionen hatten die Bewohner des Slums beschlossen, die Stadtverwaltung um eine Toilettenanlage zu ersuchen, die an das Kanalnetz angeschlossen sein sollte.

**

Es war ein Großereignis. Jene aus dem Slum, die noch irgendein Stück Kleidung besaßen, das halbwegs etwas gleichsah, zogen dieses an und so bewegte sich eine sehr seltsame Prozession in die Innenstadt vor das Rathaus. Voran die gewählten Vertreter, dahinter fast alle Bewohner des Slums. Da so etwas in der ganzen Stadt noch nie vorgekommen war, stockte der Verkehr, die Straßenränder waren vollgestopft mit Neugierigen. Und, was das Beste war: Die Teilnehmer an dieser originellen Prozession diskutierten an den Rändern mit den Bürgern auf den Gehsteigen und erklärten diesen, dass sie zum Bürgermeister unterwegs seien, um mit ihm zu diskutieren. „Nun ändern wir unsere Situation!" war wie ein Schlachtruf in den Herzen dieser einfachen

Menschen. Sie hatten in dem einen Jahr
eine neue Identität gewonnen, sie hatten
ihren Stolz wieder entdeckt. Sie waren
gewachsen. Sie waren auf einmal wieder
jemand. Sie hatten Selbstbewusstsein.
Sie gingen zum Bürgermeister, zu ihrem
Bürgermeister. Er würde sie hören.
Sie würden ihn überzeugen, dass es
notwendig war und wichtig für die ganze
Stadt, dass sie eine gute Toilettenanlage
bekämen. Von der Polizei war nicht viel
zu sehen bei diesem Marsch. Sie hielt
sich bedeckt, hatte wohl Weisung vom
Bürgermeister. Aber dieser Bürgermeister,
ach, der war ein schlechter Bürgermeister,
der ließ nur die Leitungsgruppe in sein
Büro, obwohl er alle, die gekommen
waren in den großen Saal hätte einladen
können. In dem Büro saßen sie nun auf
gepolsterten Sesseln. Es wurde ihnen
heiß in dem geheizten Raum. Die Lichter
blendeten sie. Aber sie hielten sich gut,
sehr gut. Gerd und Ira waren sehr, sehr
stolz auf sie, als sie nachher berichteten.
„Meine Lieben", sagte der Bürgermeister
zu ihnen. Da ging ihnen das Herz auf,
als er zu ihnen sagte: "Meine Lieben!"
Fast hätten sie überhört, was er noch
sagte, der schlechte Herr Bürgermeister:
„Leider kann ich euch gar nicht helfen.
Ich muß euch sogar sagen, dass wir euer

Viertel schließen müssen. Ihr müsst weg von dort." Sie trauten ihren Ohren nicht. Keine Toilettenanlage, weg von dort? Das konnte doch nicht sein. Sie waren doch auch Bürger dieser Stadt. Sie hatten sich anständig verhalten. Sie schrien auch jetzt nicht gleich, wie sie es früher getan hätten in einer vergleichbaren Situation. Sie sprachen ruhig mit dem Bürgermeister, obwohl ihnen immer heißer wurde. So schön hatten sie sich alles ausgedacht. So gut hatten sie sich vorbereitet. Gerd und Ira, ihre guten Freunde hatten ihnen sehr geholfen. Und jetzt sollte alles umsonst sein? Aber der Bürgermeister hatte kein Erbarmen.
Er konnte keines haben, denn er hatte wirklich kein Geld. Er hatte viele Steuergelder auf sein Privatkonto im Ausland überwiesen, also musste er sie abweisen. Er drehte sich schon nach hinten, um seinem Adjutanten die Anweisung zu geben, die ganze Gruppe beim Hinausgehen zu verhaften und einzusperren.

Aber da wurde es dem Autor dieser Geschichte zu bunt, da machte er nicht mehr mit. Nein, da nicht mehr, soweit durfte der schlechte Bürgermeister nun doch nicht gehen. Es war doch auch, zumindest zum Teil, auch seine

Geschichte, die Geschichte des Autors.
Sie hatte sich zwar fast ganz von allein
entwickelt, aber seinen Teil hatte der Autor
doch auch beigetragen. Und darum wollte
er doch noch ein Wörtchen mitreden in
der ganzen misslichen Angelegenheit.
So ein schöner Erfolg von Gerd und Ira
und so ein schlechter Bürgermeister,
wie konnte der bloß in diese Geschichte
hineinkommen? Also, wenigstens einen
Kompromiss! Wenn schon keine Klos,
dann wenigstens auch keine Verhaftung
und keine Entfernung des ganzen Slums.
Sonst mach ich nicht weiter mit! Na gut!

Der Bürgermeister drehte sich wieder
nach vorne zu den Leuten vor ihm und
sagte zu ihnen: „Also gut, meine Lieben,
ich werde sehen, was ich für euch tun
kann! Und jetzt geht wieder nach Hause!"
Da standen sie auf, wie betäubt. Sie
wussten natürlich nicht, welch schlimmer
Sache sie durch den Einsatz des Autors
entgangen waren, aber sie spürten doch,
dass der Bürgermeister ein Schlitzohr war.
Einfache Menschen haben für so etwas
ein Gespür. Dass er sie nur vertröstete
war schlimm genug für sie, wo sie doch
so gehofft hatten, etwas in ihrer Sache zu
erreichen. Aber nun mussten sie gehen
und es war ihnen ganz bange, was sie
ihren Leuten draußen sagen sollten und

sie hatten ein bisschen Angst, dass die das ganze schöne Rathaus ein bisschen zertrümmern würden vor lauter Ärger. Aber nichts davon geschah. Sie gingen alle brav nach Hause und schissen nach wie vor in den Rinnstein.

Nein, halt, jetzt wird der Autor übermütig und benimmt sich nicht ordentlich, würde seine Frau sagen.

Sie gingen natürlich nach Hause und berieten sich mit Gerd und Ira, was zu tun sei. Die beiden waren allerdings ebenfalls sehr enttäuscht und wussten auch nicht so recht, was sie ihnen raten sollten. Vor allem aber wollten sie ja die Bewohner des Slums nicht weiter anleiten, sondern in Eigenverantwortung handeln lassen. Sie sollten selber überlegen und entscheiden. Trotzdem spürten sie Verantwortung für sie. Obwohl das Jahr um war und ihre Aufgabe hier beendet war, wollten sie ihre neugewonnenen Freunde nicht ganz im Stich lassen. Sie berieten sich in ihrer Gruppe in der Stadt und überlegten mit ihren Freunden, wie in der Sache vorzugehen sei, während draußen im Slum eine Versammlung der anderen folgte.

**

ewigkeit was ist das schon nichts bleibt ewig
nur unsere liebe alles andere wird vergehen
mut vergeht hass vergeht trauer vergeht
angst vergeht hunger vergeht unterdrückung
vergeht stolz vergeht armut vergeht
kleinlichkeit vergeht verzagtheit vergeht nur
unsere liebe vergeht nicht das ist ewigkeit
da lobe ich mir die ewigkeit wenn unsere
liebe nicht vergeht menschen stehen auf und
wagen etwas sie überwinden ihre angst und
treten für ihre rechte ein wir konnten dazu
beitragen dass es dazu kommen konnte wir
waren nicht umsonst ein jahr lang am rande
in der mitte bei unseren freunden unsere
freunde sind stark sie sind hungrig nach
brot sie sind hungrig nach gerechtigkeit sie
sind aufgestanden und haben einen weg
begonnen sie haben zu gehen begonnen
und wir staunen über sie wir staunen über
sie und lieben sie mit einer anderen liebe
als wir uns lieben lieben wir sie sie sind
liebenswert der Einsatz für sie lohnt sich wir
dürfen beim fest des lebens dabeisein es ist
großartig fantastisch diese niederlage ist ein
sieg die mächtigen sind entlarvt die kleinen
sind groß die großen sind klein die zukunft
ist nicht aufzuhalten die geschichte wird von
den verlierern geschrieben die mächtigen
sind das papier nicht wert wir sind dabei und
ich liebe dich wir werden bleiben wir werden
nicht aufgeben wir haben das bessere ende

für uns wir möchten gerechtigkeit und brot
für alle wir wollen nicht alles für uns allein
wir werden nie mehr allein sein wir werden
immer von unseren freunden umgeben sein
egal wo wir sind wir sind ihrer freundschaft
sicher ein herrliches gefühl dass du sicher
sein kannst immer freunde zu haben wir
bleiben authentisch wir geben uns nicht
anders als wir sind wir können nicht anders
wir sind einfach wir sind ewig auf dem
weg zu sein ist großartig niemals hätte
ich gedacht das mein leben eine solche
ausweitung erfahren könnte über dem buch
des professors vor der prüfung seitdem
äonen von erfahrung

**

m Treffen der Leitungsgruppe gaben
alle ihren Bericht über ihre einjährige
Erfahrung in den ihnen anvertrauten
Slums. Die Berichte waren zum Teil mit
haarsträubenden Geschichten gespickt:
Zwei von den Slums hatten sich nach
einem Streit von einigen ihrer Bewohner
eine Straßenschlacht geliefert, in
der selbst bei der Polizei Verletzte zu
beklagen waren. In einem anderen Fall
wurde ein Mitglied des Leitungsteams
beim Versuch, zwischen Streitenden zu
vermitteln mit einem Messer verletzt
und musste ins Krankenhaus. Wieder

woanders war der Versuch gescheitert,
bei der Stadtverwaltung den Anschluss
an das Wasserleitungsnetz zu erreichen
– ein ähnlicher Fall, wie ihn Gerd und Ira
erlebt hatten. Das kurioseste Erlebnis
aber hatten wahrscheinlich Richard und
Tom, deren Slum das Krankenhaus
besetzte, indem sie alle ihre Kinder und
Kranken in die freien Betten legten. Die
begannen dort zu jammern und auf alle
möglichen Körperteile zu zeigen, sodass
das Personal nervös wurde und die
verfügbaren Ärzte zusammentrommelte,
um die neuen Patienten zu untersuchen.
Es dauerte fast einen ganzen Tag, bis
wieder alle „unerwünschten" und
eigentlich gesunden Patienten entfernt
waren. Aber sie hatten wenigstens einen
schönen Tag, geduscht in sauberen
Betten und mit einem guten Essen
gehabt. Die Ärzte und Schwestern waren
nicht unfreundlich gewesen und hatten
Verständnis für die Slumbewohner
gezeigt – ein Hoffnungsschimmer für
künftige Aktionen? Ein wunderschönes
Erlebnis, um das alle anderen Betreuer
sie beneideten, hatten Andrea und John,
denn zu ihnen stieß in ihrem Slum ein
Mitarbeiter des Circus Record. Und
das brachte ihnen und den Menschen
im Slum eine wunderbare Erfahrung,

denn Antonio, so sein Name, war ein
Clown und wahrscheinlich hatten die
Slumbewohner in ihrem ganzen Leben
nicht soviel zu lachen gehabt, als in
der Zeit, in der Antonio bei ihnen war.
Jedenfalls hatte er damit begonnen, den
Kindern kleine Kunststücke beizubringen,
was schließlich auch die Erwachsenen
angezogen hatte. Und auch sie getrauten
sich nach einiger Zeit das eine oder
andere darzubieten. Antonio vereinbarte
mit Andrea und John, solange zu
bleiben, bis die Slumbewohner eine
ganze Abendvorstellung mit eigenen
Kunststücken zusammengestellt hätten.
Andrea und John gaben sich viel Mühe,
denn sie wollten mit den Bewohnern
nicht nur die Zirkusvorstellung
zusammenbringen, sondern mit ihnen
wie alle anderen in den anderen
Slums Motivationsarbeit leisten und
die Bewohner zur Selbständigkeit
führen, sodass sie selber ihre eigenen
Angelegenheiten regeln konnten und
nicht mehr darauf angewiesen waren,
dass jemand anderer für sie dachte und
redete. Dieser Slum war von nun an
der Zirkusslum. Und ich will euch jetzt
schon verraten, da wir nicht mehr dorthin
zurückkehren werden, dass das später
an dieser Stelle errichtete Stadtviertel bis

heute den Namen Zirkusviertel trägt. Ich sage das nur, weil viele Leute heute gar nicht mehr wissen warum dieses Viertel so heißt.

**

Die zentrale Leitungsgruppe hatte allen Grund stolz darauf zu sein, dass die Slumbewohner aufgeweckt waren und nicht mehr nur stumpf ihre leidvolle Situation ertrugen, sondern sehr gute Ideen entwickelten und auch ausführten. In dem einen Jahr war viel gelungen. Sie sagten sich, dass man gar nicht mit solchen Ergebnissen rechnen konnte, dass ihre Bewegung durch die Menschen in den Slums eine Bereicherung erfahren hatte, dass in ihrer Stadt nun vernetztes Handeln möglich sein würde, dass es eine Ausweitung von Ideen gab, da die Slumbewohner sehr fantasievoll waren. Ein äußerst ermutigendes Ergebnis, das sie Terka zu verdanken hatten. Der winkte aber bescheiden ab, als sie ihn loben wollten. „Wir wollen doch etwas erreichen!"
Es wurde beschlossen, über eine landesweite gemeinsame Aktion nachzudenken, vorerst aber die Menschen in den Slums selbständig weiterarbeiten zu lassen und nur stützend anwesend

zu sein. Jedenfalls den Menschen nichts aufzudrängen, was nicht aus ihnen selber kam und nicht ihren eigenen Bedürfnissen entsprach. Als Gerd und Ira in ihren Slum zurückkehrten, gab es gerade eine große Versammlung. Es war schon die fünfte nach der Rückkehr aus dem Rathaus. Die Euforie und Bescheidenheit waren etwas geschwunden, es gab bereits wieder radikalere Töne, aber die gewählten Vertreter waren anerkannt und hatten alles gut im Griff. Sie sammelten gerade Vorschläge für das weitere Vorgehen. Viele der Vorschläge bezogen sich darauf, die Toilettenanlage selber zu bauen und dafür ein Minimum an Werkzeugen und Material aus dem städtischen Bauhof zu entwenden. Die Radikaleren hatten damit wenig Probleme, die Ängstlichen fürchteten sich davor, dass der Slum, wenn das Vergehen entdeckt würde, vielleicht doch geräumt werden müsste. „Das, was wir auf der Mülldeponie finden, holen wir uns dort, alles andere, vor allem das Werkzeug, borgen wir uns aus dem Bauhof." Sie diskutierten bis in die Nacht. Und als sich die Versammlung auflöste, weil alle sehr müde waren, gingen einige Männer sofort weg, um den Plan bezüglich Bauhof in die Tat umzusetzen. Gerd und Ira konnten und wollten hier

nicht eingreifen, die Menschen waren in
der Lage, die Situation abzuschätzen und
zu handeln, vor allem aber auch bereit,
die Folgen zu tragen, da die Situation
ohnehin unerträglich war. Lange genug
waren sie in der Passivität verharrt. Jetzt
war die Zeit des Aufbruchs gekommen.
Zwei Tage später gab es eine kleine Notiz
in der Zeitung: Aus dem städtischen
Bauhof waren Werkzeuge entwendet
worden. Aber das Beste kommt erst
noch. Eine Woche später gab es eine
etwas größere Meldung: Die Werkzeuge
waren in den Bauhof zurückgebracht
worden. Das Größte an der ganzen
Angelegenheit ist jedoch, dass es jetzt
im Slum am Rangierbahnhof eine
einfache Toilettenanlage gibt, die an das
städtische Kanalnetz angeschlossen
ist und dass die Geruchsbelästigung,
bisher ein „Markenzeichen" des
Slums, verschwunden ist. Abgesehen
davon ist die hygienische und damit
gesundheitliche Situation dadurch
stark verbessert. Gerd und Ira waren
stolz auf „ihre" Leute. Nur ein winziger
kleiner Schatten blieb irgendwo ganz
hinten in der Seele wegen der illegalen
Verwendung der Werkzeuge. Aber alle, die
die Geschichte hörten waren begeistert
und freuten sich mit Gerd und Ira über

„ihren" Slum. Es mehrten sich auch Stimmen, die sagten: Das ist alles sowieso unser Eigentum, Eigentum von allen. Wir wollen uns die Benützung nicht länger vorenthalten lassen. Nicht alle waren so vornehm, wie die Bewohner des Slums am Rangierbahnhof, und Raubüberfälle waren an der Tagesordnung. Wie würde das sein, wenn es ihnen gelang, das System zu ändern. Würde es dann möglich sein, die unterschiedlichen Vermögensverhältnisse, die der Hauptgrund für die schlechte Situation waren, auszugleichen? Aber das war ja keine Frage, das musste möglich sein, denn sonst würde alles weitergehen, wie bisher, nur unter anderen Vorzeichen, und sie selber würden nicht mehr glaubwürdig sein. Sie würden ihre ganze Mühe, die Mühe von Jahren selber zunichte machen. Sie würden eine historische Chance versäumen. Es war notwendig, sich Zeit zu lassen, die Ungeduld zu bezähmen.

**

zeit zu gehen zeit zu leben zeit zu warten zeit zu handeln zeit zeit für dich zeit für mich zeit es gibt eine zeit zum trauern und eine zeit zum lachen eine zeit zum weinen und eine zeit zum trösten eine zeit zum schweigen und eine zeit zum reden eine

zeit auf dich zu warten und eine zeit um dich
zu umarmen eine zeit fern zu sein und eine
zeit nahe zu sein eine zeit um zu verlieren
und eine zeit um zu gewinnen eine zeit um
beim gewinnen zu verlieren und eine zeit
um beim verlieren zu gewinnen eine zeit
um zu lernen und eine zeit um das gelernte
anzuwenden eine zeit um sich zu versagen
und eine zeit um sich zu verschenken eine
zeit um hungrig zu sein und eine zeit um satt
zu sein eine zeit um einsam zu sein und eine
zeit um von freunden umgeben zu sein eine
zeit um zu träumen und eine zeit die träume
umzusetzen zwischen den zeiten wächst die
ungeduld zwischen den zeiten schwindet die
hoffnung zwischen den zeiten muß trotzdem
die notwendige arbeit getan werden
zwischen den zeiten liebe ich dich trotzdem
jetzt müsste man uns schon mit einem
presslufthammer auseinanderhämmern
wir sind in einem intensiven prozess die
ungewissheit ist nicht angenehm manche
von uns sind deprimiert wohin werden wir
gehen wie kommen wir weiter wo sind
unsere hochfliegenden pläne hingekommen
aber nur mut freunde es ist alles vorhanden
was wir brauchen es ist nur von der
wartezeitdecke zugedeckt wir werden bald
aufdecken was mit uns geschehen kann nur
nicht den mut verlieren nur immer weiter
vorangehen durch das niemandsland des

wartens das niemand pflegt wo die blumen
der hoffnung vertrocken und die bäume der
erwartung nicht in den himmel wachsen es
ist noch viel kraft in uns angereichert mit
großartigen erfahrungen wir gehen weiter
mag kommen was da will es wartet ja
jemand auf uns dringend wir sind gefragt
niemand ausser uns wird diese arbeit tun

**

Gerd und Ira waren jetzt, sooft es
ihr Studium und die Treffen der
Leitungsgruppe zuließen, draussen
in „ihrem" Slum. Sie genossen es,
zu diesen Menschen zu gehören, ihr
Vertrauen als Geschenk zu empfangen,
ja, einfach mit ihnen befreundet zu sein.
Sie waren alle ziemlich mager, weil sie
sich nicht richtig ernähren konnten, aber
sie waren voller Energie und Freude,
weil sie schon etwas bewegt hatten.
Die Toilettenanlage war der Durchbruch
gewesen. Mit der Wasserleitung waren
sie von vorneherein so verfahren wie
mit der Toilettenanlage. Sie waren erst
gar nicht zum Bürgermeister gegangen.
Es geschah sogar, und das betrachteten
alle als ein sehr positives Zeichen für
die Zukunft, dass sie, da die Presse
doch über die Ereignisse berichtete,
von einem großen Rohrwerk die

entsprechenden Wasserleitungsrohre
geschenkt bekommen hatten. Langsam
aber sicher wurde die Lebensqualität
im Slum besser. Geld hatten die Leute
jedoch keines und die Ernährungsfrage
blieb das oberste Thema aller
Versammlungen. Auch in den Treffen der
zentralen Leitungsgruppe wurde dies jetzt
vorrangig diskutiert. Sie machten es sich
wirklich nicht leicht. Aber die gesamte
Diskussion bewegte sich in Richtung
einer Besetzung aller Supermärkte des
Landes mit einem Schlag. Die Vernetzung
war jetzt derart gut geworden, dass
sie überall Sympathisanten hatten und
nach deren Aussagen darauf hoffen
konnten, im Ernstfall mit zusätzlichen
Leuten rechnen zu können. Am besten
organisierbar erschien ihnen eine solche
Großaktion hier in der Stadt, denn durch
die Arbeit in den Slums waren wirklich
verlässliche Aktionsgruppen entstanden.
Die Vorsichtigen unter ihnen scheuten
sich noch immer vor einer, wie sie
sagten, ungesetzlichen Aktion. Von ihnen
wurde vorgeschlagen, einen ähnlichen,
langsamen, aufbauenden Weg zu gehen,
wie in den Slums. Durch Mitgliedschaft
in den Einkaufszentren sollten die
Menschen versuchen, Einfluss auf die
Leitungen der Supermärkte und weiter

auf deren Betreiber zu erlangen, um die Preispolitik zu beeinflussen und damit den Armen eine Chance zu geben, auch zu Lebensmitteln zu kommen. So lautete einer der Gegenvorschläge. Aber die Frage der Leute, die überhaupt kein Geld hatten und die noch dazu in der Mehrzahl waren, war damit natürlich nicht zu beantworten. Es gab weitere nächtelange Diskussionen. Schließlich entschieden sie sich für die Besetzungsaktion. Niemand aus dem Kreis ging weg und auch die Vorsichtigen stimmten nun ebenfalls zu. Die Besetzungsaktion sollte auch ein Zeichen sein, dass man nicht gewillt war, länger zuzuwarten. Das System sollte deutlich spüren, dass ihm eine Gegenkraft erwachsen war, die es ernst nehmen musste. Da sie eine lebendige Gruppe waren, gingen die Diskussionen auch während der Vorbereitungen der Aktion weiter. Da machte eines Tages aus den Reihen der Vorsichtigen jemand den Vorschlag, man sollte die Aktion doch nicht quasi zu einer Plünderung werden lassen, denn das würde sie in ein schiefes Licht bringen und ihrer Sache jedenfalls sehr schaden. Besser wäre es, wenn sie die Supermärkte nur besetzen würden, um für ein oder zwei Stunden in der Haupteinkaufszeit

den Betrieb lahmzulegen. Das würde
großen Eindruck machen. Dies meinten
Leute aus begüterten Kreisen, die
sich inzwischen auch ihrer Bewegung
angeschlossen hatten. Diese Leute
waren beschämt, weil sie selber viel
besaßen, während die meisten anderen
Menschen hungrig blieben. Dass aus
dieser Bevölkerungsschicht ein Zulauf
zur Gruppe entstand, war zwar gut, traf
aber immer noch nicht die Drahtzieher
des ganzen Systems, die Hinterleute,
die alles in Händen hielten und den
Gewinn aus der ganzen Notsituation
zogen. Die waren noch nicht bekehrt.
Das würde noch dauern. Die neue
Idee, bei der Besetzungsaktion nichts
aus den Geschäften zu verteilen, fand
großen Anklang in den Leitungs- und
Aktionsgruppen.

**

Eine Woche vor Weihnachten tauchten
zwei Stunden vor Geschäftsschluss in
jedem Supermarkt oder Geschäft im
ganzen Land, in dem es Lebensmittel
gab, je nach Größe des Lokals, fünf bis
zwanzig Menschen auf, blockierten die
Eingangstüren, schlossen die Kassen und
klebten an die Türen und Schaufenster

große Zettel mit dem Satz: Hunger nach Leben! Darunter stand: menschengerecht. jetzt. Was soll ich euch sagen: Es war grandios. Die Filialleiter liefen schwitzend herum, versuchten die Polizei anzurufen und die Besetzer aus den Geschäften zu drängen. Die waren freundlich aber bestimmt und erklärten, dass sie niemandem schaden wollten, aber auf ihre Probleme aufmerksam machen möchten. In zwei Stunden wäre die Aktion vorüber, dann würden sie wieder gehen. Die Einkaufenden waren, wie das bei solchen Gelegenheiten üblich ist, geteilter Meinung. Von „Frechheit!" „Verbrecher!" über „Was die sich erlauben!" bis hin zu Verständnis: „Wenn ich Hunger hätte, käme ich vielleicht auch auf solche Ideen!" war das ganze Meinungsspektrum vertreten und noch am gleichen Abend im Fernsehen zu hören. Es gab die Filialleiter, die die Polizei rufen wollten, aber nicht durchkamen, weil alle Leitungen besetzt waren. Die Polizei war restlos überfordert, weil sie zuwenig Kräfte im Dienst hatte, um zu allen Geschäften zu rasen und die Besetzer aus den Geschäften zu vertreiben oder zu verhaften. Am ehesten funktionierte das noch am Land, und zwar dort, wo es in den Orten nur ein Geschäft gab. Es gab aber auch

Filialleiter, die Verständnis zeigten und den Besetzern sogar Wurstsemmeln und Getränke anboten. Tatsache war jedenfalls: Mit einem Schlag war die Aktion „menschengerecht.jetzt" weltberühmt. Es gab, glaube ich, an diesem und am nächsten Tag keine einzige Fernseh- oder Radiostation auf der Welt, die nicht über den Vorfall berichtet hätte.

**

wir atmen höhenluft endlich wieder
bewegung in der bewegung durch und
durch geht dieses gefühl dass uns etwas
großartiges gelungen ist etwas das aus uns
herausgewachsen ist wir möchten doch
etwas neues schaffen etwas das noch nicht
war wir konnten ein wunderbares netz
knüpfen wir spüren dass wir vorankommen
in uns wohnt eine große kraft wir spornen
uns gegenseitig an ich denke an die vielen
gespräche wie mühsam bis der durchbruch
gelang wieviele nächte durchwacht wieviele
nächte nicht mit dir zusammen irgendwo
am flussufer entlangspaziert wieviele
nächte nicht irgendwo in einem kleinen
cafe in der hintersten ecke versteckt das
ist für später später was wird sein wie
wird es sein werden wir nie mehr zurück
können hinter die demarkationslinie unserer
erfahrungen nie mehr aber wir haben das

leben gespürt wir waren hautnah dabei bei
der entscheidung für das leben wir sind
dafür eingestanden dass leben sein kann
leben für alle wir haben nicht umsonst
gelebt gelebt ich denke schon vergangenheit
jetzt lebe ich diesen augenblick gestalte
ich und du bist mit mir wir sind zwei und
doch eins wir haben etwas aufgegeben
aber unvergleichliches gewonnen niemand
wird uns das nehmen können was unser
leben an gewicht gewonnen hat an gewicht
an tiefe an qualität unsere heimat ist hier
in dieser gruppe in dieser arbeit in diesem
historischen moment mag sein dass wir
träumer und fantasten genannt werden
wenn das so ist das deswegen hungrige
satt werden will ich gerne ein träumer und
fantast genannt werden wir alle sind uns
sehr nahe gekommen wir sind uns ähnlich
geworden aber niemand ist mir so nahe
gekommen wie du das ist mein gewinn
für mein leben du bist mir nahe ich bin
dir nahe wir gehen gemeinsam ich habe
die wurstsemmel genommen die mir der
filialleiter angeboten hat sie war köstlich
wir haben das system mit wurstsemmeln
besiegt wurstsemmeln als waffe davon habe
ich noch in keinem geschichtsbuch gelesen

**

In der zentralen Leitungsgruppe liefen die Berichte ein: Es gab Dutzende Verhaftungen, die meisten, wie gesagt, am Land, wo die Lage für die Polizei überschaubarer und einfacher zu handhaben war. Man konnte den Leuten aber nichts ausser Geschäftsstörung vorwerfen. In manchen Zeitungen, die positiv berichteten, versuchte man sogar, den Besetzern einen Werbeeffekt für die Geschäfte zuzuschreiben und verlangte, sie freizulassen. Die dem System hörigen Blätter schrien Zeter und Mordio und Untergang des Abendlandes. Freilich waren die Erfahrungen der Besetzer sehr unterschiedlich. Nicht überall war die Aktion friedlich verlaufen. Bei zwei oder drei Geschäften hatten die Besetzer im Zuge der vorhergehenden Beobachtung übersehen, dass private bodygards die Geschäfte schützten. Beim Versuch, diese Lokale zu besetzen, war es zu Handgreiflichkeiten gekommen. Die Besetzer waren den durchtrainierten bodygards nicht gewachsen, hatten ihnen aber auch wenig entgegengesetzt, da dies so abgemacht war. Die Folge waren einige Verletzte, einer davon schwer. Er war mit dem Kopf gegen eine Türumrandung gestoßen worden und hatte eine Schädelbasisbruch erlitten.

Heftige Reaktionen und Gegenreaktionen in den der einen oder anderen Seite zugeordneten Medien waren die Folge. Der Verunglückte war gleichzeitig Verbrecher und Märtyrer. Gerd, Ira, Eiboi und Rako fuhren in das Krankenhaus, in dem der Verletzte behandelt wurde. Er war bewusstlos. Eiboi meinte: „Ich werde seine Lebenslinie singen!" Er setzte sich in eine Ecke des Krankenzimmers und begann einen Gesang, der Gerds Herz tief berührte. Es war nicht nur der getragene Gesang, sondern die gesamte Situation, die ihn staunen ließ. Als Eiboi nach langer Zeit geendet hatte, gingen er und Rako zum Krankenbett und berührten den Verunglückten am Kopf und an den Schultern. Dann setzten sie sich wieder. Sie blieben den ganzen Tag und Gerd spürte, wie der Raum von Zuversicht und Kraft erfüllt wurde. Sie legten ihren Mut und ihren Glauben an die Sache in das Leben des Verunglückten. Spät fuhren sie mit dem Zug zurück in ihre Stadt. Sie hatten ein Abteil für sich und Rako spielte auf seiner kurzen Flöte eine Melodie, die ihre Traurigkeit widerspiegelte, gleichzeitig aber ein unbesiegbares Vertrauen in den guten Ausgang ihrer Sache in ihnen wachsen ließ. Während der ganzen Fahrt sprachen sie kein einziges Wort, aber

sie empfanden eine starke Verbindung
zueinander, sie kommunizierten intensiv.
Sie waren gute, sehr gute Schüler Ankhars
geworden.

**

an einer aktion beteiligt zu sein die
erfolgreich verläuft ist einfach sich aber
widerständen zu stellen ist mutig wieviel
einsatz braucht der mensch immer das ganze
leben nicht immer musst du es geben ich
hatte bisher glück und musste nicht an die
grenze gehen unser freund hat diese grenze
erfahren es schmerzt dass es geschah wir
können seinen schmerz nicht wegnehmen
aber etwas davon ist doch in unseren seelen
in unserem geist wir sind in lebendiger
verbindung wir übertragen unsere kraft auf
den verletzten wir geben ihm leben unsere
schwerste arbeit aber wir vertrauen auch auf
die kunst der ärzte vertrauen ist notwendig
ohne vertrauen kein leben vertrauen gibt
leben aus vertrauen entsteht leben ich
vertraue dir also können wir leben wir haben
erfahren dass das leben auf dem spiel steht
das system fordert unser leben wir wollen
es ihm nicht geben wir erfinden tricks
und auswege um unser leben zu erhalten
wir hatten bisher glück wir waren bisher
erfolgreich diesbezüglich weiteres wird sich
weisen wir können unseren weg nicht mehr

verlassen wir sind schon zu weit gegangen
jetzt bedarf es noch einer letzten großen
anstrengung zum kampf und sieg nach
letztem streit was wird dann sein kommt
dann die leere wir werden sehen darüber
zerbrechen wir uns jetzt noch nicht den kopf
die notwendigkeit kommt früh genug für
jetzt vermischt sich trauer und schmerz mit
unserem erfolg wir feiern nicht einen triumph
überschwänglich wir bleiben am boden
immerhin ist einer von uns dem tod nahe
düsternis mag über uns sein wir werden
umsichtiger planen und durchführen keine
gefährdungen provozieren das leben achten
auch das leben der anderen die vom system
geschickt werden uns davon abzuhalten
es zu stürzen das muß es sein das system
das menschen hungern lässt muß gestürzt
werden wir sind schon weit gegangen wie
weit liegt die wiese in südfrankreich zurück
mit den wolkenschiffen darüber

**

Die zentrale Leitungsgruppe
war nun in die Verlegenheit
geraten, die Anlaufstation für
Medien des In- und Auslandes zu
sein oder der Verhandlungspartner
für Firmen und Privatpersonen, die
Wohltätigkeitsaktionen für Hungernde
in den Slums durchzuführen gedachten.

Die Situation hatte sich zu ihren Gunsten entwickelt. Die Geduld hatte sich gelohnt. Das langsame prozesshafte Vorgehen hatte ermöglicht, dass ihre Ideen in viele Köpfe und Herzen eingesickert waren. Doch jetzt gerieten sie in Gefahr, der Schalheit des Erfolges zu erliegen. In jenem Augenblick war die Gefahr des Scheiterns größer, als zu der Zeit, da sie nach der Besetzung der Universität verhaftet worden waren. Das System war durch die Wohltätigkeitsaktionen gefährlicher für sie als durch Polizeiaktionen. Es bestand die große Gefahr, dass sie eingelullt würden, dass sie zufrieden würden mit dem, was sie erreicht hatten. Das war großartig, gewiss, aber das war noch nicht alles. Der Kampf war noch nicht zuende. Sie mussten dafür sorgen, dass die Verhältnisse auf Dauer und im Gesamten verändert würden. Sie mussten dabei bleiben, dass Almosen keine menschengerechte Lösung waren. Ihre ursprüngliche Forderung nach Lebensmitteln und Medizin für alle war aufrecht.

Viele gute Köpfe liefen jetzt heiß bei den Überlegungen, wie vorzugehen sei. Das Lob der Medien und der Welt, sowie von wohlmeinenden Bürgern der reichen Seite durfte ihnen nicht genügen.

**

Was war zu tun? Sie versuchten, einen Plan für die nächste Zeit zu machen. Ein großes Problem waren die dauernden Anfragen, die zu beantworten waren. Sie hatten einen größeren Raum in der Nähe der Universität mit Telefonanschluss gemietet. Es war jetzt notwendig geworden, ein Lokal, eine Anlaufadresse zu haben. Manche, besonders jene aus der Anfangszeit, wie Gerd und Ira waren unglücklich wegen dieser Entwicklung. Die Zeit des verborgenen und auch verbotenen Abenteuers war vorbei. Das Feuer der ersten Liebe musste jetzt wieder aufgeweckt werden. Gleichzeitig waren sie aber stolz auf das, was sie erreicht hatten. In dieser ratlosen Situation schlug Linus, einer der Neuen in der Gruppe, ein fähiger Kopf, der für sie wichtig geworden war, vor, die zentrale Leitungsgruppe zu teilen. Jeder sollte sich für eine Aufgabe entscheiden, für die er meinte, geeignet zu sein. Es seien genug fähige Köpfe da, den Dienst der Öffentlichkeitsarbeit und der Verhandlungen mit den Spendern zu organisieren. Einige andere von ihnen sollten die Grundlagen und das weitere Vorgehen diskutieren. Es musste aber sichergestellt werden, das sie nicht abgehoben von der Realität im elfenbeinernen Turm diskutierten, während sie von der Praxis überrollt wurden, bzw. auseinanderdividiert wurden. Durch die Größe, die sie jetzt personell erreicht hatten war auch die Gefahr von Spaltpilzen größer geworden. Den Sensiblen unter ihnen standen die Haare zu Berge, wenn sie an diese ganzen Probleme dachten und sie fürchteten den Verrat, zumindest aber die Verwässerung ihrer Idee. Totale Kommunikation war das Gebot der Stunde!

**

Der innere Kern der zentralen Leitungsgruppe, zu dem die Sieben gehörten, die, wie Eiboi gesagt hatte, dazu beitragen würden, den Umschwung herbeizuführen, Eiboi, Terka, Sana, Rako, Ankhar, Ira und Gerd stürzten sich sofort in die Überlegungen und Diskussionen über den weiteren Weg ihrer Sache. Mit den Leitungsgruppen auf allen Ebenen und in allen Gemeinschaften und den damit verbundenen Versammlungen hatten sie sehr gute Erfahrungen gemacht. Diese Form der direkten Mitbestimmung sollte nach ihrer Ansicht auch für das gesamte Gemeinwesen, in das sie sich bald gestaltend einbringen wollten, Anwendung finden. Noch hielten die

Verantwortlichen des alten Systems starr an ihrer Macht fest, ließen alle Lebensmittelgeschäfte überwachen, führten vermehrt Straßenkontrollen durch und verhafteten immer wieder Mitglieder von Leitungsgruppen, ohne gegen sie etwas in der Hand zu haben. Die Verhaftungen wurden weitergeführt, um die Menschen einzuschüchtern. Grund lag keiner vor, denn zu dieser Zeit wurden in keiner Leitungsgruppe Aktionen geplant oder durchgeführt, um die Fase der Überlegungen zu diesem wichtigen Zeitpunkt nicht durch voreilige Aktivitäten in Gefahr zu bringen.

**

die ruhe vor dem sturm die zeit der entscheidung die zeit treibt die spannung auf den höhepunkt zu alle spüren es was für eine zeit wird es sein wenn die verhältnisse zugunsten der armen geändert sein werden wird es mühevoll sein racheakte zu verhindern wird es mühevoll sein verständnis füreinander zu erreichen so nahe dem ziel ein eigenartiges gefühl was werde ich dann tun was werden wir dann tun werden wir frei genug sein uns auch lösen zu können von dem was jetzt mehrere jahre unser leben geprägt auch gebunden hat was wird sein wie werden wir sein können können wir normalbürger sein wofür können wir

zeugen sein zeugen von geschichte zeugen
eines prozesses der geschichte machte
zeugen eines prozesses der menschen
weiterbrachte und zusammenbrachte wird
das anderen nützlich sein aber jeder muss
seine eigenen erfahrungen machen unsere
sind unvergleichlich wie kostbare diamanten
die unter ungeheurem druck entstehen
wir sind bereit uns zu stellen wir haben
gelernt uns der situation anzuvertrauen wir
sind flexibel geworden flexibel mit festen
grundsätzen mit lauteren grundsätzen mit
einem starken vertrauen das lebendig
macht wir sind weit gereist weit gegangen
weit gekommen hinter uns liegen äonen
ich habe die wiese in südfrankreich nicht
mehr wiedergesehen vielleicht reisen
wir gemeinsam dorthin nachher nachher
eigentlich traurig dass diese grandiose
zeit einmal vorbei sein wird dass dieses
geschenk abgelegt sein wird ausgepackt und
verwendet aber das ist der sinn der sinn liegt
im sein dasein und füreinander dasein sich
darbieten für ein solidarisches leben nicht
zurückstehen wenn die geschichte und die
menschen entscheidungen von dir fordern
der aufforderung des lebens folgen und dich
ihm anschließen um selber zu leben und
nicht als toter unter toten herumzugehen
abgestorben dem wirklichen leben
aufgeweckt das wollen wir bleiben

**

In diesem intensiven kreativen Prozess, während dessen Dauer das Studium von Gerd und Ira, das vor dem Abschluss stand, aufgeschoben, bzw. unterbrochen war, zeigte sich deutlich, welche Entwicklung alle erfahren hatten, die in dieser Gruppe vereint waren. Die Verantwortlichkeit, die Einsatzbereitschaft, das Durchhaltevermögen, die Sorgfalt im Umgang miteinander, das gegenseitige Anspornen zu immer neuen Ideen formte aus ihnen eine Einheit, die ihnen unzerstörbar schien und in der sie sich mit traumwandlerischer Sicherheit bewegten. Sie waren noch am Überlegen. Aber ihre Energie verdichtete sich. Da fand Gerd in der Zeitung eine Notiz über das neue Supereinkaufszentrum das vom System errichtet worden war. Für den Einkauf der Extraklasse. Das Einkaufserlebnis inmitten der Natur. Er erinnerte sich, dass von einem solchen Bau zu der Zeit die Rede gewesen war, als sie die Universität besetzt hatten. Jetzt stand das Gebäude anscheinend vor der Fertigstellung. Als er mit dieser Zeitungsnotiz in die Gruppe kam, gratulierten sie sich gegenseitig. Das ist es, das machen wir, waren sich alle einig. Sie fassten einen einfachen Plan: Am Abend vor der Eröffnung wollten sie das neue Einkaufszentrum besetzen und die Eröffnung verhindern. Dieses Luxuszentrum erschien ihnen als besonderes Ärgernis angesichts der Not so vieler Menschen. Sie mussten an dieser letzten Bastion des Systems wahrscheinlich mit starker Gegenwehr rechnen, aber davor hatten sie keine Angst mehr. Ihre mentale Kraft war sehr groß geworden.

Nur der innere Kern der zentralen Leitungsgruppe sollte an der Aktion beteiligt sein und ca. 150 Personen aus dem Slum von Gerd und Ira, eine starke, einsatzfreudige und selbstbewusste Gruppe. Durch einen Mittelsmann in einer Redaktion hatten sie den genauen Termin der Eröffnung erfahren. Zwei Tage vorher begannen sie, aufzubrechen. Zu zweit oder zu dritt sickerten sie in den Wald ein in dem das gläserne Ungetüm stand: Der Glaspalast von Peter Sloterdijk, in dem die Globalisierungsgewinner sitzen, fiel Gerd ein, als er das Gebäude sah. Ein neuer Turmbau zu Babel. Durch die Höhe des Gebäudes und die Spiegelung der Wolken darin sah es doch tatsächlich so aus, als ob es bis in den Himmel ragen würde. Im Bauwerk und darum herum war noch reger Betrieb. Es wurde noch installiert, herbeigebracht, geputzt, aufgestellt. Dann, am Abend vor der Eröffnung rollten die letzten LKW's und Baumaschinen aus dem Wald und es kehrte tiefer Friede ein.

**

Ganz oben in der hohen Glasfassade des auf der riesigen Lichtung stehenden Gebäudes spiegelt sich noch die hinter den gegenüberstehenden Baumwipfeln untergehende Sonne. Als oben in den Scheiben nur noch ein schmaler Rand hell ist, flammen unten am Boden zahllose Scheinwerfer auf und erlauben der Nacht nicht, das Gebäude ganz zu umschließen und unsichtbar zu machen. Die Glasscheiben, die das Scheinwerferlicht zurückstrahlen, machen die Nacht unmittelbar um das Gebäude heller als den Tag. Vor lauter Funkeln ist vom Gebäude fast nichts mehr wahrzunehmen. Es steht erwartungsvoll da. Alle Lieferungen sind eingetroffen, die Regale eingerichtet mit den kostbarsten und denkwürdigsten Dingen. Ein exquisiter Platz für verwöhnte Kunden. Ein neuartiges und ungewöhnliches Einkaufserlebnis. Am nächsten Morgen soll dieser letzte Einkaufspalast eröffnet werden. Dieser letzte Zufluchtsort der Privilegierten und Reichen, die sich alles

leisten können. Aber bis dahin ist noch die
Ewigkeit einer Nacht zu durchleben.

**

der gipfelpunkt des systems in einem
einzigen gebäude zusamengefasst
angriffspunkt eines unmenschlichen systems
manifestation von unterschieden die armut
ist eigentlich hier zuhause hier kaufst du dir
die dinge die du nicht brauchst die dinge die
du brauchst bekommst du geschenkt liebe
und vertrauen geschenke des lebens hier ist
eine festung des systems des systems des
todes das auf kosten anderer lebt leben auf
kosten anderer diese zeit soll nun endgültig
vorbei sein vorbei hunger und krankheit wir
durften dazu beitragen wir waren zur stelle
an diesem punkt der geschichte wir haben
uns gestellt unsere eigenen interessen
hintangestellt nun wollen wir die nutzer des
systems dazu ermutigen auch auf etwas
zu verzichten damit alle leben können im
augenblick kommt uns das leicht vor wir
sind voller kraft und voller freude heute geht
eine zeit zuende und eine andere beginnt
wir gehen mit der anderen zeit mit den
anderen menschen mit unseren freunden
aus dem slum vom rangierbahnhof und aus
den anderen slums die stunde ist da vom
schlaf aufzustehen und ein neues leben zu
beginnen wir sind privilegierte wir durften

das neue leben schon leben heute schenken
wir es weiter mit vergnügen es gab stunden
da waren wir verzagt im gefängnis habe
ich eine weile gebraucht um mich damit
abzufinden dass ich aus dem leben gerissen
war aber auch dort war es möglich das
wirkliche leben zu leben und nicht das tote
jedenfalls werden wir langsam und umsichtig
vorgehen damit niemand zu schaden kommt
unsere freunde nicht und nicht die soldaten
denn das leben ist kostbar und sie sind
getriebene wir verurteilen sie nicht wir
werden ihnen danach neue aufgaben geben
wir werden sie bitten helfer des neuen
lebens zu sein des neuen lebens das schon
lange in uns ist und das jetzt hier vibriert und
anbrechen will es war nicht aufzuhalten auch
wenn es so schien eine zeitlang aber jetzt
sind wir hier

**

Die Nacht ist nur scheinbar ruhig.
Etwa ein bis zwei Kilometer östlich
und etwas näher westlich vom
Einkaufspalast herrscht geschäftiges
Treiben. Im Westen sind Militärbaracken
im Viereck aufgestellt. Der Platz in der
Mitte ist beleuchtet. Einige getarnte
Fahrzeuge stehen am Rand des Platzes.
Kleine Gruppen von Soldaten kauern
zwischen den Baracken im Schatten,

einige Soldaten rauchen. Gerade kommen
mehrere Gruppen von Soldaten aus der
Richtung vom Einkaufspalast zurück
und tauschen mit den Gruppen, die
zwischen den Baracken kauern, Platz.
Diese ziehen in Richtung Einkaufspalast
ab. Ein dunkles Auto fährt auf den Platz,
worauf einige der Soldaten zwischen
den Baracken hervorkommen und sich
um das Auto aufstellen. Zwei Männer
und eine Frau steigen aus dem Auto und
gehen zur größeren Baracke, vor der auf
einem Fahnenmast eine blauschwarz
gestreifte Fahne hängt. Das Auto wird zur
Seite gefahren und mit einem Tarnnetz
zugedeckt.

**

General Korba empfängt die drei
Personen, die ihm gut bekannt sind.
Sie hatten sich schon bei der Besetzung
der Universität im Einsatz gegen die
Studenten bewährt und waren alle
zusammen daran beteiligt gewesen, den
Plan zur Verteidigung des Einkaufspalastes
auszuarbeiten: Minister Stern, Berater
Simon und die Polizeichefin Egerl. Der
General bittet die Gruppe in eine der
Baracken, in der ein Besprechungsraum
eingerichtet ist. „Ich wünsche ihnen einen
guten Abend. Ich hoffe, sie hatten eine

gute Fahrt." „Ja, dank der Absicherung gab es keine Probleme", meint der Minister, „kommen wir zur Sache! Wie steht es hier bei ihnen?" „Wir haben alles im Griff", sagt General Korba, „rund um das Gebäude sind im Abstand von 10 Metern Gruppen von je 5 Mann mit Nachtsichtgeräten und Immunisierungspistolen postiert. Ich denke, es ist unmöglich, dass hier jemand durchkommen kann." „Das haben wir auch schon bei früheren Einsätzen gemeint", antwortet Frau Egerl. „Wir haben es mit inzwischen äußerst gefinkelten Gegnern zu tun, die mit ungewöhnlichen Mitteln arbeiten." Hier schaltete sich Fritz Simon ein: „Wir sollten etwas Überraschendes tun!" Der General: „Haben sie eine Idee?" „Ja, wir ziehen uns vollständig zurück" ... „aber das wäre doch verrückt, meint General Korba, „da würden wir doch den Vorteil preisgeben, dass wir das Gebäude total absichern können". „Warten sie! Das wäre nur für kurze Zeit. Wenn unsere Gegner sehen, dass wir uns zurückziehen, werden sie das Gebäude besetzen und wir haben sie wie die Maus in der Falle!" „Ah, sehr gut", begeistert sich der Minister. „Wie haben sie sich sonst verhalten?" „Ganz ruhig", meldet der General, „ wir haben sie unter ständiger Beobachtung, kein auffälliges Verhalten. Alle Transporte konnten ungehindert passieren." „Gut, wir werden uns jetzt zurückziehen, um für den Festakt morgen früh ausgeruht zu sein".

**

Auf der gegenüberliegenden Seite des Gebäudes sitzen einige wenige Personen um ein Feuer. Außerhalb des Feuerscheines eine Postenkette. Der Einzelne gerade soweit vom anderen entfernt, dass eine Person durchschlüpfen kann, ohne zu bemerken, dass er registriert wird. Alle außer Sana schweigen. Sana, der Afrikaner wiegt den Oberkörper zu einem unverständlichen Singsang hin und her. Eine große Gelassenheit liegt über der Gruppe. Seit sie zusammen sind und das sind jetzt doch schon drei Jahre, ist eine starke innere Verbindung zwischen ihnen entstanden, ein unsichtbares Band, das kraftvoll ist. Unzerreißbar. Terka, der Mönch aus Lhasa, Eiboi, der Aborigine, Rako, der Indianer aus Mexiko, Ankhar, der Guru aus Nordindien, Sana, der Buschmann aus Zentralafrika, Gerd und Ira. An den Plätzen, an denen sie gemeinsam agiert hatten, soweit sie schon zusammen waren, stießen immer wieder neue Leute dazu, von denen man gar nicht annehmen konnte, dass sie davon in der Zeitung gelesen oder im Fernsehen davon gehört hätten. Wie eben Sana oder Rako, die fern jeder technisierten Kommunikation lebten. Aber ihre Sinne hatten sie zu den anderen geführt und so war ein starkes Kollektiv entstanden, in dem jeder dazugab was er konnte und erwarten durfte, was er für seine Bedürfnisse brauchte, ohne Neid und ohne das Gefühl zu kurz zu kommen. Sie alle hatten gespürt, dass es an der Zeit war, die alten Träume ihrer Völker zu verwirklichen und nach langer Unterdrückung eine gerechte Gesellschaft zu formen. Soeben liest Eiboi in den Gedanken von Gerd und sagt: „Die führenden und reichen Menschen haben unseren Lebensraum ganz eng gemacht. Wir konnten nicht mehr atmen. Es war notwendig, etwas zu ändern." „Ich hätte fast nicht mehr glauben können, dass das möglich ist", mischt sich Terka ein. Und Ira: „Die ganze grandiose Entwicklung der Menschheit mit ihrem Fortschritt und nur ein paar dürfen alles benützen." Sana, der die ganze Zeit den Oberkörper hin und her bewegt hatte, hielt nun still: „Sie haben einen Plan gefasst..." „Was?" „Wie?" „Wann?" Die Fragen gehen durcheinander. „Wartet!" sagt Sana. „Sie werden alle ihre Soldaten abziehen!"

„Abziehen?" „Unglaublich!" „Sie geben kampflos auf?" „Das nicht", meint Sana, „sie führen etwas im Schilde." „Was jetzt?" „Wartet, ich werde ihre Gedanken jagen und verwirren", sagt Rako, „wickelt mich ganz in meine Decke ein und schweigt eine Weile!"

Nach einiger Zeit bewegt sich das Deckenbündel, Rako springt auf und sagt: „Ich werde jetzt mit einigen von uns gehen und ihnen die Immunisierungspistolen wegnehmen, sie sehen uns jetzt nicht mehr mit ihren Nachtsichtgeräten." Und schon verschwindet er aus dem Feuerkreis. Eine Stunde später kommt er zurück, setzt sich ans Feuer und schweigt mit den anderen. Sie brauchen nicht zu fragen. Sie wissen, dass sein Plan gelungen ist.

**

das feuer erinnerungen an die kindheit im camp romantik des zeltlagers hier ist es ein zeichen der entscheidung die bald fallen wird gedankenfetzen jagen durch den sinn gefahr ist im verzug gefahr dass sich triumf einschleicht und unsere herzen verwirrt gelassen bleiben die vertrautheit genießen die in uns und um uns ist dieses geschenk das uns niemand mehr nehmen kann die silhouetten der gestalten ums feuer vertraut

seit jahren wie eine mauer zum schutz um
mich die freunde die ich liebe freunde die
nicht wie die wolkenschiffe über der wiese
in südfrankreich dahinziehen sondern die
bleiben die von dauer sind kein gedanke
mehr ob das unternehmen erfolg haben wird
oder nicht wir sind soweit vorgedrungen mit
körper und geist dass das nebensächlich
geworden ist ob wir erfolg haben oder nicht
gerade darin aber liegt unsere kraft der das
system nichts mehr entgegensetzen kann
und du bist bei mir ich kann dich spüren ich
kann dich berühren damals im gefängnis
war es schmerzlich dich nicht berühren zu
können jetzt ist es fast schmerzlich dich zu
berühren glückliche stunden in erwartung
der entscheidung wir kommunizieren ohne
worte wie wir es von ankhar gelernt haben
es liegt eine tiefe zufriedenheit über der
gruppe das feuer zeichen der bereitschaft
sich hinzugeben an die gute sache sich
einzubringen wie die holzscheiter um den
umsturz zu entfachen den wärmenden nicht
den verbrennenden die zukunft wird anders
sein als die vergangenheit dafür wollen wir
sorgen mit aller freiheit mit aller gelassenheit
mit aller großzügigkeit mit aller achtsamkeit
mit allem respekt mit aller liebe deren
wir fähig sind uns selber wollen wir nicht
vergessen unsere gemeinsame zukunft

**

Auf der anderen Seite herrscht große Verwirrung, als die ganze Mannschaft wie aus einem Traum erwacht, in dem dunkle Gestalten zu ihnen gekommen sind und ihnen ihre Waffen abgenommen haben. Der General wird geweckt. Er ist entsetzt und ratlos. Er lässt den Minister holen. Dieser beginnt zu zittern. „Wenn wir dieses Gebäude verlieren, dann haben wir endgültig verloren." „Wir müssen Ersatzwaffen besorgen und mehr Truppen heranbringen!" Aber die Funkgeräte funktionieren nicht, es gibt keine Waffen mehr und Truppen kommen auch keine. Die Wegweiser sind umgedreht und da das Gebäude mitten im Wald steht, ist es von außen nicht sichtbar.

**

Am nächsten Morgen, einem wunderschönen Morgen mit Vogelgezwitscher bleibt es still im Wald, zunächst. Dann erscheinen die Reporter der Zeitungen des Rundfunks und des Fernsehens, um von der großartigen Eröffnung des großartigen Einkaufszentrums, was heißt Einkaufszentrum – Einkaufsparadieses zu berichten. Die Parkplätze rund um den Glaspalast bleiben aber leer. Es kommt niemand.

Überall auf der Glasfront picken innen
Plakatstreifen mit der Aufschrift, die wir
schon kennen: Hunger nach Leben! Und:
menschengerecht.jetzt!
Die Reporter machen Aufnahmen und rasen
in die Redaktionen.
Bald wissen es alle: Das Glasparadies ist
verloren.

**

Der Ministerpräsident tritt mit seiner
Regierung zurück.
Das System ist gestürzt.
Neue Menschen sind gefragt,
die ein gerechtes System aufbauen.
Oh! Habe ich System gesagt?
Vorsicht!
Das sind wir ja gerade losgeworden.
Das Ganze soll doch nicht wieder von vorne
beginnen, sondern neu werden.
Gerd, Ira und die Anderen sind voller
Zuversicht.
Aber als sie Funktionen übernehmen und
Werner Ministerpräsident wird, sehe ich
in der vordersten Reihe Leute aus dem
alten System stehen und Werner die Hand
schütteln.
Achtung!
Es ist noch nicht ausgestanden.
Der schwierigste Teil der Arbeit wartet noch
auf unsere Freunde.

Danksagung:

In erster Linie habe ich den handelnden Personen dieses Buches zu danken. Ohne sie wäre diese Geschichte nicht in der vorliegenden Form entstanden. Manche waren von Anfang an dabei, andere sind später dazugekommen, obwohl ich gar nicht mit ihnen gerechnet hatte. Zusammen haben sie die Geschichte gestaltet, ja vorangetrieben. Da ist keiner bevorzugt zu nennen. Sie waren alle einmalig und großartig. Sie haben sich im Lauf der Zeit prächtig entwickelt und eine Menge dazugelernt und ich habe von ihnen gelernt. Mit ihrer Einsatzfreude und mit ihrem Mut haben sie Entscheidendes zum Fortgang der Geschichte beigetragen. Nur einmal musste ich als Autor eingreifen: Als der schlechte Bürgermeister gescheiter sein wollte als die Slumbewohner, die sich so großartig hielten. Dieses Schlitzohr hätte die Geschichte fast zum Scheitern gebracht. Aber das konnte ich in letzter Minute verhindern. Somit habe ich eigentlich, neben den handelnden Personen, auch zum guten Ausgang der Geschichte beigetragen. Meine hauptsächliche Aufgabe im Zusammenhang mit diesem Buch war ganz leicht: Ich hatte nur aufzuschreiben, was meine Helden dachten, fühlten, erlebten, erlitten und taten. Das habe ich staunend und mit großem Vergnügen getan.

Zuletzt von Helmut Schriffl erschienen:

2013, kartoniert, 12 x 19 cm, 152 Seiten.
ISBN 978-3-7322-3498-1